Gabriele Cleemann

Verplanen
Vernebeln
Verpissen

Wohin der Ehrgeiz Eltern treibt

1. Auflage · August 2011
Gestaltung: Joachim Römer · *www.unterblicken.de*
Herstellung und Verlag: Books on Demand GmbH, Norderstedt
ISBN 978-3-8423-7132-3

Gabriele Cleemann · *www.gabrielecleemann.de*

Inhalt

Warnung

Wenn Sie jetzt einen Ratgeber erwarten, der in einer To-Do-Liste die 10 Punkte aufführt, die Ihrem Kind zum Erfolg verhelfen und Sie zu perfekten Eltern machen, lassen Sie die Finger von diesem Buch. Den Schalter, den man bei Kindern nur umlegen muss, wenn Störungen auftreten, gibt es nicht. Sollten Sie dennoch weiterlesen, werden Sie sehen, dass ein solcher, gäbe es ihn dann, eher für die Eltern nötig wäre.

Wenn Sie sich jedoch darüber wundern, dass heute zwar unendlich viel über Pädagogik geredet wird, viele Kinder in Wohlstand leben, die Fördermöglichkeiten immer größer werden, aber gleichzeitig noch nie so viele in therapeutischer Behandlung sind oder Psychopharmaka nehmen, lohnt sich das Weiterlesen.

Wenn Sie verstehen wollen, warum Ihr Kind nicht den gewünschten Erfolg hat, obwohl Sie so viel mit ihm üben, sich um seine Freizeitgestaltung und die Auswahl der Freunde kümmern, an allen schulischen Belangen regen Anteil nehmen, lesen Sie weiter.

Wenn Sie merken, dass es keinerlei Interesse mehr an der Schule zeigt, lesen Sie weiter.

Wenn Sie glauben, dass die Schule die Kinder überfordert und die Belastungen ständig zunehmen, lesen Sie unbedingt weiter.

Die Schulnoten werden immer schlechter, das Kind erreicht das Klassenziel nicht. Ein anderes stört nur, schlägt bei geringstem Anlass zu, ein drittes hängt völlig apathisch herum und ist durch nichts zu motivieren. Egal was auch schief läuft, es müssen Schuldige gesucht werden, und die findet man zuhauf. Die Lehrer, das Ministerium, die Mitschüler, die

Umwelt, falsche Ernährung... Und schon werden Lösungen angeboten. Andere Lehrer müssen her, andere Lehrpläne, hier eine Therapie, dort ein Attest, Traubenzucker lutschen und viel Wasser trinken. Ein riesiger pädagogischer Wirbelwind wird erzeugt. Kaum jemand beachtet die, die im Zentrum des Orkans stehen, im ruhigen Auge – die Eltern.

Mein Buch lenkt den Blick auf sie, nicht auf alle Eltern, sondern auf die Gruppe der überbehütenden, übereifrigen, deren Zahl stetig zunimmt. Sie tun alles, um ihre Kinder zu fördern, ihre gutgemeinten Bemühungen erweisen sich aber als in höchstem Maße kontraproduktiv. Was sie zu diesem Verhalten bewegt und wohin ihr Ehrgeiz sie treibt, zeige ich anhand von Beispielen aus meiner langjährigen Unterrichtspraxis auf. Sie mögen manchmal satirisch anmuten, sind aber alle dem Schulalltag entnommen. Mosaikartig ergibt sich aus ihnen ein Bild, das zeigt, inwiefern sich persönlicher Ehrgeiz der Eltern und die gesellschaftlichen Erwartungen, denen sie ausgesetzt sind, negativ auf die Kinder auswirken.

Es gilt, die Grundeinstellung zum Kind zu überdenken, dann kann man auf einzelne pädagogische Kochrezepte verzichten. In diesem Sinne können Sie mein Buch auch getrost als Ratgeber lesen.

I. Eltern und ihr widersprüchliches Verhalten

1. Verplanen

Von Sternchen und Mini Docs

„Hurra, die Schule fängt an!", so leitete der *Kölner Stadtanzeiger* zum Schulbeginn 2009 seinen vierseitigen Annoncenteil ein, in dem Eltern, Großeltern oder Paten dem Nachwuchs zum ersten Schultag gratulieren. Da gibt es Fotos der Kleinen, versehen mit Wünschen für die Zukunft und Ratschlägen für den neuen Lebensabschnitt. Da wird gereimt „... stets fröhlich und vergnügt zu bleiben,/ auch beim Lesen, Rechnen und Schreiben", und die Mama, „die stolzeste auf der ganzen Welt", wünscht mit so viel Enthusiasmus alles Liebe und „viiiiiel" Glück zum Schulanfang, dass sich der Hinweis, dass dieser Tag sich nach 6 oder 7 Jahren zwangsläufig ergibt und noch kein Grund zum Stolz sein muss, einfach verbietet.

Da wird auf die Geburt des Sprösslings verwiesen „der Himmel hielt für einen Augenblick den Atem an. Ein Stern wurde geboren,... das warst DU!", und Zündorf und der Rest der Welt darüber informiert, dass Alina-Marie ein neues tolles Schulkind wird.

„The show is going on" titeln hier Eltern und stellen so schon klar, was sie von der Schule erwarten. Andere wünschen viel Spaß und einen spannenden, tollen und fröhlichen Schultag.

Die Verwandten von Chiara wollen wohl die zukünftigen Lehrer warnen, wenn sie reimen: „Du bist nicht immer zart und fein, kannst auch ganz schön aufmüpfig sein."

„Unser Mini Doc Steve Ray" wird gegrüßt und „Unser Sternchen Emil will von jetzt an in der Schule glänzen".

Was ist, wenn dem Himmelskörperchen im Rechnen mal kein Licht aufgeht oder Mini Doc mit einer 5 im Diktat nach Hause kommt?

Tante Steff dagegen scheint schon mehr Einsicht in die Unwägbarkeiten des Schulalltags zu zeigen, wenn sie dem lieben Kristoffer wünscht: „Möge die Macht mit Dir sein".

Das „Goldstückchen", der „Schlaufuchs", „unser kleiner Hase", sie alle schauen lächelnd und voll Zuversicht in die Kamera. Auch Daniel, er trägt einen gelben Schutzhelm und streckt lachend und siegessicher dem Betrachter die Faust mit erhobenem Daumen entgegen. „Können wir das schaffen?" wird neben dem Bild in großen Lettern gefragt. „Yo, wir SCHAFFEN DAS!" ist die Antwort. Unterzeichnet haben Mama, Papa, Opa und Robin.

Geballte Aktivität zeigt sich hier. Noch mehr Power strahlt sein Kollege Jan David aus. Er sitzt auf einem Minimotorrad, „Ich fahre mal los", der Helm lässt sein Gesicht nicht erkennen, sein „Team" wünscht ihm alles Liebe.

Immer wieder lese ich die Annoncen, ich kenne die Emils, Daniels und Alinas gut, ich habe sie fast 40 Jahre unterrichtet. Mir fallen die Begrüßungsfeste ein, mit denen die Kinder am Gymnasium eingeführt wurden, die Abiturfeiern, aber auch die Disziplinarkonferenzen. Und immer wieder sehe ich ihre Eltern vor mir, die besorgten, überbehütenden. Was wird aus den Sternen, für die der Himmel einen Augenblick den Atem anhielt? Und welche Rolle spielen die elterlichen Planeten, die sie umkreisen?

Fragen zum Verhältnis Eltern/Schüler/Lehrer, die mich während meiner gesamten Unterrichtstätigkeit beschäftigten, tauchen jetzt wieder auf. Dabei hatte ich nach all den Jahren, in denen ich an verschiedenen Gymnasien in Nordrhein-Westfalen und Bayern Deutsch und Erdkunde unterrichtete, eigentlich schon mit der Schule abgeschlossen, hatte wäschekorbweise Unterrichtsmaterialien entsorgt und mich im Ruhestand bequem eingerichtet.

Ich habe meinen Beruf bis zum Schluss geliebt, denke zurück an viele bemerkenswerte Menschen, engagierte Schüler, Eltern, mit denen man gut zusammenarbeiten konnte. Doch nach der Zeitungslektüre schieben sich dazwischen Bilder ganz anderer Art. Ich sehe Eltern, die in ihrer Behütung zu weit gehen, Kinder, die man als Lehrer nicht mehr erreichen kann.

Obwohl in doppelter Ruhephase, in Pension und dann noch im Urlaub, lässt mich die Schule jetzt nicht mehr los. Am Strand, beim Fahrradfahren, auf Spaziergängen, immer wieder fallen mir Beispiele ein, werden im kleinen Notizbuch festgehalten. Ich müsste sie systematisieren, jetzt das formulieren, was ich bisher aus Zeitmangel und Rücksicht auf den Dienst nicht ausgesprochen habe. Und schon bin ich mitten drin.

Ich lese noch einmal die Annoncen und sehe die Kleinen vor mir.

Die Armada von energiegeladenem, hochbegabtem Nachwuchs, die sich anschickt, die Bildungsinstitute zu stürmen, hat schon einen weiten Weg zurückgelegt. Begleitet wurde sie dabei von Trainingsteams und Familienverbänden, die keine Gelegenheit ausließen, die Einmaligkeit der Sprösslinge zu preisen und sie mit allen Mitteln zu fördern.

Schon in den Geburtsanzeigen wird, wie bei der Bullenprämierung, Größe und Gewicht angegeben. Die Familienfirma ist durch Aufschrift der Kindernamen am Auto deutlich zu erkennen – Marcel on bord.

Eine emsige Bildungsindustrie propagiert die Möglichkeit, sein Kind in die gewünschte Richtung zu stylen. Kleiner Karajan oder Sprachgenie, Miniaturpicasso oder lieber ein Boris Beckerchen? Mit dem Hinweis auf neueste Ergebnisse der Hirnforschung und sich schließende Lernfenster in späteren Jahren wird zur Eile gedrängt.

Schon mit 8 Wochen kann das Kleine am Babyschwimmen teilnehmen, ab geht es ins 34 Grad warme und mit Edelsteinen angereicherte Wasser, Singen und Lichteffekte fördern die Sprachbildung, danach noch ein Schlückchen Osmosewasser und wieder ein Schritt zum Erfolg zurückgelegt.

„Mit Tönen verwöhnen", so wird das Eltern-Baby-Singen für Sprösslinge ab einem Jahr angeboten.

Wer noch etwas mehr tun möchte, sollte sein Kind unbedingt zum Englischunterricht für Kleinkinder anmelden. Als ich vor einigen Monaten eine Annonce mit dem Titel „Englisch für Mutter und Kind ab 3. Lebensmonat" las, glaubte ich noch an einen Druckfehler. In einem Blog berichtete jetzt jedoch eine Mutter begeistert von einer Spielgruppe, in der Kinder ab dem ersten Lebensjahr Englisch lernen und zu Hause täglich englische CDs hören, damit sich das Gelernte festigt.

Will man sich aber wirklich profilieren und seinem Kind einen uneinholbaren Vorsprung verschaffen, so reichen Englischkenntnisse nicht aus. Der Crack lernt Chinesisch, am besten schon im Babyalter von einem muttersprachlichen Kindermädchen.

In den USA stellen DVDs für Kinder im Alter von 6 Monaten bis zwei Jahren einen wachsenden Markt dar. Eine Disney-Tochterfirma mit dem schönen Namen „Baby Einstein" kontrolliert etwa 90 Prozent des Medienmarktes für Kinder und bietet Produkte wie „Baby Mozart" und „Baby Shakespeare" an.

Das erste Babyrating findet in den Krabbelgruppen statt. „Kann es mit 6 Monaten immer noch nicht frei sitzen? Meins krabbelt viel schneller!"

Ab dem 3. Lebensjahr steht Tennis oder Golf auf dem Programm, Jiu Jitsu gibt es ab 4.

Großeltern reisen nicht mehr mit Schokolade und Märchenbüchern an, sondern mit Lernkoffern.

Und dann wird es wirklich ernst.

Wer es sich leisten kann, der gibt seinen Nachwuchs in einen privaten Kindergarten. Wie wäre es zum Beispiel mit dem in Berlin, der den Namen des berühmten Philosophen Kant trägt. Hier wird der 1-3 Jährige in bilingualen Gruppen individuell gefördert. Eine Einrichtung in Hamburg mit dem sinnigen Namen „Bengel&Engel" freut sich schon auf die „kleinen Rohdiamanten", die sie zum Strahlen bringen will. Wem „Garten" als Aufenthaltsort für sein Edelsteinchen zu profan erscheint, der kann auch Villa Amalienhof, Villa Luna oder Ritz wählen und sein Kind in einem Wohlfühlambiente auf die Härten des pisageprüften Schulalltags vorbereiten lassen.

Wessen Sprössling nach langer Wartezeit Aufnahme in einem renommierten Kindergarten findet und wer sich Preise von mehreren hundert Euro pro Monat leisten kann, der kann sich zufrieden zurücklehnen. Sein Nachwuchs hat gute Chancen, später in eine private Grundschule aufgenommen zu werden. Wieder ein Schritt höher auf der Erfolgsleiter.

Mit der Förderung kann man nicht früh genug beginnen, nichts darf dem Zufall überlassen werden. Einige Eltern haben das allerdings noch nicht erfasst.

In einem Internetforum beklagt sich eine Mutter: „Mein Sohn (fast 5) wollte sich mehrfach spontan mit Freunden verabreden, aber es hat nicht geklappt. Weder die Kinder „nebenan", noch die Freunde aus dem KiGa hatten Zeit - und das lag nicht an den Sympathien für meinen Sohn. Die Mütter im KiGa zückten fast alle ihre Notizbücher, um die

Termine ihrer Kinder zu überprüfen: Kinderturnen, Musikunterricht, Schwimmunterricht, Waldtag etc. Wenn wir jemanden einladen möchten, müssen wir das meistens eine Woche im voraus planen."

Trisha antwortet ihr. Ihre Tochter gehe zweimal die Woche zum Turnen, dann noch ins Ballett und zum Flöten. Das klinge nicht nach sehr viel, dennoch habe sie Schwierigkeiten sich zu verabreden, da ihre Freundinnen ja auch verplant seien.

Und so pendeln die Kleinen mit Eltern oder Großeltern nach einem strengen Stundenplan zwischen Kindergarten, musischer Vorschulaktivität und Sportverein hin und her. Und jetzt stehen sie vor den Toren der Grundschulen, bereit, einen weiteren Schritt zum Erfolg zu gehen.

Doch da hängt ein Stoppschild mit der Erklärung: Liebe Mama, lieber Papa, ab hier gehe ich allein.

Eine ausgestreckte Hand fordert Abstand.

Welche Erfahrungen haben wohl zu diesem Hinweis geführt?

Ich zwänge mich an den parkenden Roadstern vorbei, eine Gruppe von Müttern verabschiedet gerade ihre Lieben. Küsschen hier, ein kleiner Klapps dort, aufmunternde Worte.

„Früher", erklärt mir eine Kollegin, „haben sie die Kinder immer bis ins Klassenzimmer begleitet und auf ihren Platz gesetzt. Dann kam der Abschiedsschmerz. Manchmal konnten wir bei Stundenbeginn die Klasse gar nicht betreten, so ein Stau war da."

Die Abhängigkeit von den Eltern werde immer stärker, berichtet sie und erzählt von Melanie, Schülerin der 2. Grundschulklasse. In jeder Pause machte sich das Mädchen auf den Weg ins Sekretariat, um ihre Mutter anzurufen. Sie war nicht krank oder verletzt, die Schule endete nicht unerwartet früher, es gab eigentlich keinen Grund für einen Anruf, sie wollte nur ihre Mutter sprechen, und das täglich, in jeder Pause.

Nach einiger Zeit bat die Klassenlehrerin die Mutter deshalb zu einem Gespräch.

Deren Reaktion war eine Frage an Melanie: „Warum benutzt Du nicht Dein Handy?"

Der Erstklässler, von dem die *Süddeutsche Zeitung* berichtet, hat diesen Rat wohl schon verinnerlicht. Seine Lehrerin wunderte sich, dass er jeden Tag Punkt neun Uhr auf die Toilette musste und forschte nach. Heraus kam, dass er sich um diese Zeit immer bei seiner Mutter melden musste, damit diese wusste, dass es ihm gut geht.

Erster Schultag am Gymnasium

Die Aula ist bis auf den letzten Platz besetzt mit 160 Fünftklässlern, ihren Eltern, kleineren Geschwistern, Großeltern und Paten. Der Direktor, umrahmt von den Klassenleitern, hält eine kleine Begrüßungsansprache, die aber die Neuankömmlinge weniger interessiert als die bange Frage, wer von denen da vorne wird uns unterrichten? Der Große rechts im schwarzen Rollkragenpullover sieht streng aus, lustig die kleine Junge, die lacht so nett. Vielleicht ist die mit der großen Brille auch in Ordnung.

Nun treten die Lehrer der Reihe nach vor und rufen die Namen der Schüler auf, die in ihre Klasse kommen. Gespanntes Schweigen.

Bleibe ich mit meiner Freundin zusammen? Hoffentlich kommt mein Erzfeind aus der Grundschule in eine andere Klasse. Bin ich bei dem netten Lehrer?

Erleichtertes Aufatmen, gelegentliches Stöhnen begleiten die Namenaufzählungen. Die Schüler reihen sich hinter ihre Lehrer ein und mustern einander neugierig. Auf geht es in die neue Klasse.

Doch – da sitzen schon ihre Eltern. Sie haben die Zeit, in der die Schüler sich aufgestellt haben, genutzt, um für ihren Nachwuchs den möglichst besten Platz zu sichern, einen, der die Voraussetzungen für einen erfolgreichen Abschluss bietet, möglichst in der ersten Reihe. Ihre Kinder sind mit der Wahl nicht immer einverstanden, wollen neben ihren Freunden sitzen oder auf einen vermeintlich ruhigeren Platz in der letzten Reihe. Dabei sieht jeder Lehrer zuerst dorthin. Wirklich ruhig ist es im Windschatten der ersten Reihen außen, die fallen meistens aus dem Blickfeld. Aber das sind Lehrerweisheiten, die den Schülern noch verborgen bleiben. Jetzt wird erst einmal gekämpft, gegen die Platzwahl der Eltern, für einen Sitz neben den Freunden oder am Fenster. Eltern und Großeltern reden auf die Kleinen ein, andere fotografieren oder filmen: Lach doch mal, Nicole! Zeig deinen neuen Ranzen, Alexander!

In dem ganzen Tumult fällt mir wieder das Schild an der Grundschule ein.

So höflich, wie es meine Nerven zu diesem Zeitpunkt noch zulassen, weise ich die Eltern auf mögliche Fotosessions nach der Schule hin und bitte darum, jetzt mit den Schülern allein bleiben zu können. Noch ein Foto mit der Oma. Mein Junge, der Alexander, muss immer vorne sitzen, der sieht sonst nichts. Marie, warum hast du denn den Platz gewechselt? Unsere Melanie kann schon Englisch.

Es dauert eine ganze Weile, bis auch der letzte Erwachsene den Raum verlassen hat.

Da sitzen sie nun, erwartungsvoll und etwas ängstlich. Sie kennen die Statistiken nicht, ahnen vielleicht nur, dass der Weg nicht ganz so einfach sein wird. Innerhalb der nächsten sechs Jahre werden 35 Prozent der Kinder aus bildungsfernen Elternhäusern und 20 Prozent der Akademikerkinder das Gymnasium verlassen. Dabei ist die Erfolgswahrscheinlichkeit von Mädchen um 10 Prozent höher.

Doch jetzt haben sie die erste große Hürde genommen, gleich wird mit den Verwandten weiter gefeiert, der Tisch im Restaurant ist schon reserviert. Die Eltern holen sie nach dem Unterricht ab, einige werden das noch jahrelang tun.

Von Weihnachtsfeiern, Wandertagen und anderen Highlights

In der Vorweihnachtszeit laufen Eltern der Unterstufenschüler zur Hochform auf. Sie organisieren Adventsfeiern, Basare, backen Kuchen und schmücken das Klassenzimmer. Kerzen und Lichterketten werden besorgt, sogar Christbäume samt Schmuck sind in einzelnen Klassen zu sehen. Den Kindern wird es so richtig heimelig gemacht. Wohlgemerkt, es sind die Eltern, die diese Aktivitäten initiieren – einige Eltern, die anderen müssen sich notgedrungen anpassen und ebenfalls Plätzchen ausstechen und Sterne basteln. Die Kinder finden das dann auch ganz nett, besonders, wenn zum Anbringen des Schmucks noch ein Teil der Unterrichtszeit verwendet wird.

Nachmittägliche Weihnachtsfeiern im Klassenzimmer sind ein Highlight, dessen Planung sich kaum ein Elternvertreter entgehen lässt. Bei Kaffee, Kuchen und Nudelsalat sitzen Eltern und Großeltern mit den Lehrern zusammen, und auch die Kinder haben etwas von dieser Veranstaltung. Sie nutzen die Zeit, in der die Erwachsenen so angeregt beschäftigt sind, um endlich einmal das zu tun, was ihnen sonst verwehrt wird, sie spielen, raufen, toben im Schulgebäude herum, ganz ohne Aufsicht, ganz ohne Plan.

Ohne Lenkung der Erwachsenen einmal etwas auszuprobieren, über die Zeit selbst zu verfügen, das ist ein Luxus, den die meisten Kinder nicht mehr kennen.

Ein Wandertag wird geplant. Genau wie am „Tag der Arbeit" nicht gearbeitet wird, so wird am Wandertag nicht gewandert, das steht fest. Alles andere ist Verhandlungssache und wird in oft qualvollen Abstimmungen entschieden. Egal in welcher Jahrgangsstufe beraten wird, Kino steht an erster Stelle der Wunschliste. Es folgen weitere Angebote der Unterhaltungsindustrie wie Besuch der Bowlingbahn, eines Vergnügungsparks, des Eisstadions, einer Sommerrodelbahn, es darf auch mal ein Factory Outlet sein.

Es gibt an vielen Schulen eine No-Go-Liste, hinter der man sich als Lehrer in solchen Fällen verstecken kann. Nun müssen andere Ziele gefunden werden. Gerne stehen auch Eltern hilfreich zur Seite. Sie vermitteln Besuche in Firmen oder bei der Zeitung, schlagen Städtereisen vor und reicht der Tag nicht aus, kann man ja das Wochenende dazu nehmen.

Es erfordert viel Stehvermögen oder eine sehr träge Klasse, um einmal einen ganz anderen Vorschlag durchzubringen. Wir planen nichts vor, gehen auf die Wiese oder den Spielplatz im Nachbarort und spielen. Nur wir, Fußbälle, Federbälle, Wurfscheiben und Proviant. Keine grillenden Eltern, keine langen Zugfahrten, nichts Spektakuläres. Nach anfänglichem Misstrauen und übler Laune bei einigen Schülern waren bald schon alle im Spiel vertieft, bildeten Gruppen, hier die Fußballer, dort wurde Verstecken gespielt, auf Bäume geklettert, einige saßen im Gras und spielten Karten, jeder konnte das tun, was er wollte. Keiner wurde gegängelt, musste ein Programm erfüllen, das er nicht selbst aufgestellt hatte – eine seltene Erfahrung.

In einer 6. Klasse wurde die Klassenfahrt geplant. Die Lehrer forderten Handyverbot. Ein Aufschrei von Eltern und Schülern folgte. Unmöglich, keinen Kontakt zu den Kindern halten zu können, über ihren Tagesablauf nicht jederzeit informiert zu werden. Erst die Zusicherung einer Telefonkette, mit der die Eltern über die glückliche Ankunft der Kleinen direkt informiert werden und die Einrichtung eines Notfalltelefons brachten etwas Ruhe in die Diskussion.

Mir ist nicht bekannt, dass die Kinder unter der Handysperre besonders gelitten hätten. Berichtet wurde allerdings, dass Markus, der Außenseiter, der von der Mutter stets gebracht und abgeholt wurde, plötzlich mit den Klassenkameraden spielte.

Viele Kinder hängen bis weit in ihr 10. Lebensjahr hinein noch an der Nabelschnur, eng verbunden mit der Mutter, allein nicht handlungsfähig. Im Hightechzeitalter ist die Schnur drahtlos, aber mindestens genau so bindend, das Handy. In den Schulen ist die Benutzung inzwischen verboten. Wer einmal erlebt hat, wie Schüler unmittelbar nach einer Schulaufgabe oder der Herausgabe eines Testes zu Hause anrufen, wie bei jeder kleinen Differenz mit den Mitschülern die Eltern direkt kontaktiert werden, dem wird klar, dass es bei diesem Verbot nicht nur um die Ruhe im Klassenzimmer geht.

Zu jeder Zeit eng mit den Eltern vernetzt, brauchen die Kinder nichts mehr selbst zu entscheiden, mit keiner Enttäuschung müssen sie, wenn auch nur für einige Stunden, selbstständig fertig werden. Fällt eine Unterrichtsstunde aus, wartet man nicht, bis der Schulbus fährt, per Handy werden die Eltern ebenso herbeizitiert wie mittags der Pizzadienst.

„Ich bin dann mal weg", haben wir früher gesagt. - Nein, wir gingen nicht auf den Jakobsweg, sondern einfach für ein paar Stunden draußen spielen. Wen wir dort trafen, was wir dort taten, wussten die Erwachsenen nicht. Natürlich haben wir auch Unfug gemacht, von dem unsere Eltern zum Glück meistens nichts erfahren haben. Es gab auch Ärger, besonders mit den Kindern von der anderen Schule, aber das haben wir selbst geregelt. Keiner wäre auf die Idee gekommen, die Mutter zu rufen. Hätte er es getan, hätte er für immer verspielt. Es war unsere Zeit, über die wir selbst bestimmten.

Heute wäre das für viele Eltern unvorstellbar. Die Freunde sind handverlesen, die Beschäftigungen bildungsrelevant, und die Kontrolle ist zumindest durch das Handy gesichert. Gäbe es nicht hin und wieder Funklöcher, wäre sie perfekt.

Doch die Industrie bietet auch hierfür eine Lösung. Der letzte Schrei sind Armbanduhren mit Satellitenortung. Den elektronischen Fußfesseln für Verbrecher gleichend, ermöglichen sie eine lückenlose Überwachung des Nachwuchses mit einer Genauigkeit von 3 Metern.

Nun kann Mutter vom Küchentisch aus ihre Lieben kontrollieren und dirigieren. Sie kann elektronisch einen Bereich abstecken, in dem die Kinder sich bewegen dürfen, verlassen sie ihn, schlägt ein Gerät Alarm.

Die Eltern haben alles voll im Griff, Schule und Freizeit der Kinder werden minutiös verplant. Kein Wunder, dass in einem Werbespot eine Mutter sich als Managerin eines erfolgreichen kleinen Familienunternehmens vorstellt.

2. Vernebeln

Nur ein kleines Malheur

Doch die heile, durchgeplante Familienwelt bleibt nicht immer ungestört. Hin und wieder benehmen sich Kinder ganz anders als von ihren Eltern programmiert. Sie sind faul, frech, verstoßen gegen Regeln, kurz, sie fallen in der Schule auf. Wie reagieren die Eltern nun?

Ich sammele Beispiele, besuche meine alte Schule, sitze wieder wie früher in der Kaffeeküche und lasse mir erzählen. Jedem meiner ehemaligen Kollegen fällt dazu eine ganze Menge ein. Oft assistieren die anderen, denn meistens erstreckt sich elterlicher Unmut nicht nur auf einen Kollegen und ein Fach, sondern ist flächendeckend. Einigen Vätern und Müttern läuft ein Ruf voraus, der ausreicht, bei bloßer Namensnennung ein ganzes Lehrerzimmer zu evakuieren. „Frau X. ist im Haus!", und schon suchen alle Betroffenen das Weite.

Ich schreibe Freunde an, die an anderen Schulen oder in andern Bundesländern unterrichten, es kommt eine beachtliche Sammlung zustande. Hier eine Auswahl:

Eine Schülerin der 5. Klasse hat wiederholt ihre Hausaufgaben nicht gemacht. Getreu dem Motto „währet den Anfängen" informiert der Lehrer die Mutter schriftlich darüber und setzt einen Termin an, an dem das Mädchen in der Schule die fehlenden Aufgaben nacharbeiten soll. Statt des Kindes erscheint die Mutter in der Sprechstunde. Ihre Reaktion: Sie beschimpft den Lehrer, zweifelt an, dass er ihre Tochter, die sehr fleißig sei und immer zuverlässig arbeite, überhaupt kenne, und verlangt als Beweis von ihm eine Beschreibung ihres Kindes. Sie fordert die Anwesen-

heit einer zweiten Lehrkraft als Zeuge des nun folgenden einstündigen Gespräches, in dessen Verlauf die Schülerin aus dem Unterricht geholt wird und beteuert, stets gewissenhaft ihre Aufgabe erledigt zu haben.

Ein Schüler versucht während des Musikunterrichts die Schuhsohlen seines Nachbarn mit einem Feuerzeug anzuzünden. Der Lehrer stellt daraufhin dem Jungen einen Verweis aus.

Reaktion der Mutter: Sie ist entsetzt – nicht über ihren Sohn, sondern über das Verhalten der Lehrkraft, die wegen einer solchen Kleinigkeit gleich eine Strafe verhängt.

Ein Junge legt im Kunstunterricht seinem Nachbarn einen Strick um den Hals. Die Lehrerin meldet den Vorfall dem Direktor, der vom Schüler ein Protokoll des Herganges verlangt. Darin bestätigt das Kind die Beobachtungen der Lehrerin und gibt seine Schuld zu.

Reaktion des Vaters: Er ist entsetzt – über die Lehrerin, die nur Lügen über seinen Sohn verbreite.

Die beiden Jugendlichen wollten natürlich keine Anschläge auf die Gesundheit der Mitschüler verüben. Sie haben im Unterricht herumgealbert, sich allerdings so verhalten, dass andere Schaden nehmen könnten. Ein Streich, hätte man früher gesagt, für den sie sich natürlich verantworten müssen. Der Verweis, eine Mitteilung an die Eltern, die auch in den Schülerakten vermerkt wird, soll das klarstellen und den Jugendlichen verdeutlichen, dass ein solches Verhalten nicht geduldet wird.

Die Lehrkräfte mussten eingreifen, wollten sie nicht ihre Aufsichtspflicht vernachlässigen. Warum richtet sich der Zorn der Eltern gegen sie und nicht gegen die Kinder, die sich nicht richtig benommen haben? Warum wird sogar die Tat, die der Sohn bereits zugegeben hat, vom Vater geleugnet? Die Eltern fordern Transparenz, wollen informiert werden, warum schließen sie beide Augen, wenn es um das Verhalten ihrer Kinder geht? Warum werden die Lehrer angegriffen statt unterstützt, wenn sie den Kindern Grenzen setzen wollen? Können Eltern nicht mehr unterscheiden, was richtig oder falsch ist?

Hierzu noch ein Beispiel:

> *Ein 12-Jähriger hat im Unterricht den Rücken seiner Lehrerin über und über mit Tinte bespritzt. Als sie in der Pause von einem Kollegen auf die Flecken an ihrem Jackett hingewiesen wird und in die Klasse zurück eilt, um den Vorfall zu klären, begegnet ihr ein Vater.*
>
> *Er sieht den Schaden, äußert sich empört über das Verhalten der heutigen Jugend und fordert die Lehrerin auf, diese Sachbeschädigung streng zu ahnden.*
>
> *Es stellt sich jedoch heraus, dass es sein eigener Sprössling war, der sich hier „kreativ betätigte".*
>
> *Plötzlich ändert der Vater seine Haltung, er verteidigt seinen Sohn und bringt vor, dieser habe nur kurz den Füller geschüttelt, weil er nicht funktionierte. Die Reinigung des Jacketts werde er übernehmen, eine pädagogische Maßnahme für seinen Sohn lehne er ab, da sie für so ein „Malheur" ja wohl nicht erforderlich sei.*

Das Urteilsvermögen der Eltern scheint in dem Moment auszusetzen, wo die eigenen Kinder betroffen sind.

Alle Fälle, obwohl von unterschiedlicher Schwere, zeigen dasselbe Muster. Die Kinder haben sich etwas zuschulden kommen lassen, das kritisiert und korrigiert werden sollte.

Ihnen muss klar gemacht werden, dass sie sich daneben benommen haben und dass sie für ihr Verhalten die Verantwortung übernehmen müssen. Von den Eltern wird das Vergehen jedoch geleugnet oder heruntergespielt.

Die überbehütenden Eltern haben jahrelang Zeit und Geld in das „Projekt Kind" gesteckt. Diese Investition muss sich lohnen. Das Projektmanagement war bisher erfolgreich, nun tauchen Probleme auf, eine neue Strategie muss her und die heißt „Vernebeln". Darunter fasse ich alle Vorgehensweisen zusammen, die dazu dienen, das eigentliche Problem zu verbergen.

In militärischen Konflikten werden Nebelkerzen geworfen, um dem Gegner die Orientierung und das Zielen auf die eigene Einheit zu erschweren. Das Verhalten mancher Eltern erinnert fatal an diese Vorgehensweise, sie wähnen sich, tauchen die ersten Schwierigkeiten auf, im Kriegszustand. Es wird alles versucht, damit das Kind mit seinen Problemen nicht sichtbar wird. Das Gegenüber, der Lehrer, ist der Feind, den es zu verwirren und zu täuschen gilt. Nebelkerzen unterschiedlichster Art werden benutzt, besonders beliebt ist das Leugnen und Herunterspielen, wie die vorausgegangenen Beispiele zeigten.

Elternsprechtag

Es ist Elternsprechtag. Durch die Flure zieht der Geruch von Schweiß, Staub, feuchten Regenmänteln und Pizza, die mittägliche Duftmischung der Schule, heute jedoch versehen mit einem Hauch von Davidoff und Chanel. Schüler der Unterstufe laufen von einer Klassenzimmertür zur nächsten und tragen die Namen ihrer Eltern in die dort angehefteten Zeitleisten ein, mit denen ein möglichst reibungsloser Ablauf der Gespräche im Zehnminutentakt gewährleistet werden soll. Sorgfältig notieren sie auf Zetteln Lehrer und Raumnummer, damit die Eltern ihr Ziel nicht verfehlen, und eilen zum nächsten Klassenzimmer. Geschickt schlängeln sie sich, ihre Ortskenntnis ausspielend, an den Erwachsenen vorbei. Es sind Eltern der Mittelstufenschüler, die mit Hilfe von Lehrerlisten und Raumplänen versuchen, sich im Gewirr der Gänge und Etagen zurecht zu finden. Das Eintragen in die Besucherlisten übernehmen sie lieber selber, erweist sich doch ihr Nachwuchs in dieser Altersstufe nicht gerade als kooperativ und zuverlässig. Man erinnert sich noch an den letzten Sprechtag, an dem angeblich alle Lehrer der Hauptfächer plötzlich erkrankt waren und man nur noch intensive Gespräche mit dem Sportpädagogen und dem Leiter der Arbeitsgruppe Bienenzucht führen konnte – dann schon lieber diesen Flurmarathon hier.

Auch im Lehrerzimmer herrscht Unruhe. Junge Kollegen blättern eifrig in Notenlisten, studieren ihre Aufzeichnungen und legen sich Hinweise und Ratschläge für die Erzeuger besonders bildungsresistenter Sprösslinge zurecht. Sie wissen noch nicht, dass heute alle kommen werden, nur nicht die, die man dringend sprechen möchte. Erfahrenere Kollegen beschränken sich bei der Vorbereitung auf das Wesentliche, Zeitung, Laptop, Schokolade und Kaffee, es sind die Glücklichen, die überwiegend in der Oberstufe unterrichten und daher kaum mit Besuchern rechnen. Mit steigendem Schüleralter und wachsenden Problemen nimmt die Anwesenheit der Eltern exponentiell ab.

Ich unterrichte in diesem Schuljahr in fast allen Jahrgangsstufen und erwarte, da ich zudem die Klassenleitung in einer 5. Klasse habe, starken Andrang. Und richtig, vor dem Klassenzimmer drängen sich bereits die Eltern, und ein Blick auf die Liste an der Tür zeigt mir, dass ich in den nächsten drei Stunden keine Langeweile haben werde. Ich kann gerade noch die Fenster öffnen, um den markanten Geruch, den 34 Schülern in sechs Stunden produzieren können, abzuschwächen und werfe schnell einen Blick auf die Tafel – gut gewischt, keine dummen Sprüche – da steht auch schon der erste Besucher vor mir.

„Ich bin der Vater vom Kevin", strahlt er mich an.

Er ist so von der Einmaligkeit seines Nachwuchses überzeugt, dass er es gar nicht für nötig hält, den Familiennamen und die Klasse hinzuzufügen. „Kevin", da muss doch jeder Lehrer gleich Bescheid wissen.

Für die Eltern ist ihr Kind natürlich etwas ganz Besonderes, deshalb soll es auch einen ganz markanten Namen erhalten, nicht einen der üblichen, sondern einen unverwechselbaren. Nur leider denken andere Eltern auch so und nennen ihre Sprösslinge Marie, Philipp, Nicole oder eben Kevin, der leider nicht allein zu Hause sitzt, sondern mit sechs anderen gleichen Namens in einer Klasse. Wir Lehrer könnten die numerische Zeitrechnung mühelos durch eine Namenszeit ersetzen. Das Marcel-Alter, die Simone-Jahre. Nun also Kevin.

„Ach ja, Kevin", sage ich gedehnt, um einerseits dem stolzen Vater zu signalisieren, dass mir der Name durchaus etwas sagt, und andererseits Zeit zu gewinnen, in der Hoffnung, meinem Gedächtnis irgendeine Vorstellung entnehmen zu können. Doch auch nachdem ich Nachnamen und Klasse des Knaben erfahren habe, stellt sich kein Bild ein. Kevin K. 7. Klasse, Erdkunde – ein Vakuum.

Ich habe in diesem Schuljahr 11 Klassen und 338 Schüler, davon 10 Kevins. Ihren sehe ich, wenn keine Feiertage, Schulaufgaben, Projektwochen, Ausflüge etc. dazwischen kommen, einmal in der Woche für 45 Minuten. Er sitzt im Klassenraum mit 34 anderen, ich kann mich beim besten Willen nicht an ihn erinnern. Seien Sie froh darüber, möchte ich dem Vater am liebsten sagen, denn wäre er sehr faul oder sehr frech, bliebe er mir im Gedächtnis.

Das sage ich natürlich nicht – warum eigentlich? Stattdessen gelingt es mir durch geschicktes Nachfragen und jahrzehntelange Erfahrung dem Vater die folgenden Informationen zu entlocken. Kevin ist träge, arbeitet zu Hause zu wenig und sitzt nachmittags hauptsächlich vor dem Computer. Ich empfehle verstärkte Mitarbeit im Unterricht – kann nie schaden – sorgfältigere Anfertigung der Hausaufgaben und Einschränkung der Computernutzung durch sportliche Betätigung.

Es folgen nun im Zehnminutentakt Väter und Mütter, auch Erziehungsberechtigte im Doppelpack. Von ihnen erfahre ich viel über Lebensläufe, Ehe- und Familienprobleme, Krankheitsgeschichten und den ganz normalen Alltag.

Mehrere Eltern berichten von den sorgfältigen Vorbereitungen ihrer Kinder, von Vokabeln, die abends noch perfekt gewusst wurden, am Morgen in der Schulaufgabe aber nicht mehr präsent waren. Ich höre, wie viel geübt wird, welche speziellen Begabungen der Nachwuchs hat und wie oft die Mitschüler das Kind, das so gerne lernt, ablenken.

Ich höre vieles, zu einem offenen Gespräch kommt es nur selten.

Der Elternsprechtag gleicht einem Theaterstück, in dem jeder seine festgelegte Rolle spielt. Hier der Lehrer, der alle seine Schüler genau kennt und jeden gleich fördern will und kann. Dort die Eltern, die alles tun, um ihr Kind nach Kräften zu unterstützen. Ein wirklicher Austausch der Beobachtungen erfolgt im Allgemeinen nicht. Nebelkerzen überall.

Vor der Tür erregtes Stimmengewirr. Es will sich wohl jemand vordrängen. Charlottes Mutter erscheint. Sie habe wenig Zeit, müsse gleich wieder einen Kurs an der Uni halten, wolle mich dennoch kurz sprechen. Bevor ich irgendetwas sagen kann, beginnt eine Lobeshymne auf ihre Tochter. Intelligent, fleißig, fürsorglich und sozial engagiert.

„Halt, halt", möchte ich einwenden, „diese Tochter kenne ich nicht."

Es geht mir nicht wie mit Kevin, den ich nur einmal in der Woche sehe. Von Charlotte habe ich ein sehr genaues Bild – nur ein ganz anderes. Sie benimmt sich arrogant, versucht sich den Anforderungen mit allen möglichen Tricks und Ausflüchten zu entziehen und lässt keine Gelegenheit aus, ihre Mitschüler anzuschwärzen, kurz eine unausstehliche, hinterhältige Zicke.

In sehr abgeschwächter Form bringe ich meine Kritik am Verhalten und der Arbeitsmoral der Tochter an.

„Dann wissen Sie sie nur nicht zu nehmen", ist die Reaktion der Mutter.

Legastheniker gefällig? Oder eine Pille?

Werden die Schulnoten schlechter, muss man andere Vernebelungstaktiken wählen, schließlich lässt sich eine 5 in Mathe nicht verharmlosen oder verleugnen. Nicht wenige Eltern schieben jetzt die Schuld auf die Schule. Der Lehrer hat die falschen Aufgaben gestellt oder zu streng zensiert. Sie versuchen, das Problem durch Klagen in den Griff zu bekommen. Ein Anwalt muss her. Doch auch die Schulen haben sich rechtssicher gemacht.

Viel Zeit wird von den Lehrern aufgewendet, um sich rechtlich abzusichern. Noten für einzelne mündliche Leistungen müssen mit Datum und Art des Beitrags versehen werden. In einem Ordner wird festgehalten, wann und in welcher Form die Eltern pädagogische Hinweise erhielten. Niemand soll sagen, er sei nicht informiert worden.

Eltern erscheinen zu zweit in der Sprechstunde, einer von ihnen protokolliert mit. In schwierigen Fällen wird daher den Lehrern geraten, einen Kollegen als Zeugen mitzunehmen.

Die Klassenarbeiten, selbst kleine Tests, werden nicht den Kindern überlassen, sie werden nach einigen Tagen wieder eingesammelt und archiviert, damit in eventuellen Klagefällen Vergleichsarbeiten zur Verfügung stehen. Das bedeutet Kontrolle der Rückgabe, schriftliche Information der Eltern, falls das nicht erfolgte, dann Abheftung des gesamten Schriftverkehrs.

Der Verwaltungsaufwand wird immer höher, Zeit, die man für Unterricht und Schüler verwenden könnte, wird besetzt.

Doch auf dem Weg der Klage erreichen die Eltern nur in Ausnahmefällen eine Verbesserung der Noten.

Aussichtsreicher erscheint dagegen die Möglichkeit, die schulischen Defizite der Kinder auf anerkannte Störungen zurückzuführen. Nicht mangelnde Leistungsfähigkeit oder -bereitschaft der Schüler sind für die schlechten Noten verantwortlich, sondern Lernstörungen. Besonders häufig werden Legasthenie *(siehe Glossar)* und ADHS *(siehe Glossar)* angeführt.

Fast schon hoffnungsvoll wird in den Sprechstunden gefragt: „Könnte mein Kind nicht Legastheniker sein?"

Die Grundschullehrerin meinte zwar, Philipp zeige keine typischen Merkmale, „aber ich will ihn doch mal testen lassen."

„Sicher hat sie Legasthenie. Dann wird die Rechtschreibung doch nicht bewertet, oder?"

Was hier so gerne von den Eltern angenommen wird, die Legasthenie, ist eine ernst zu nehmende Teilleistungsstörung, von der ca. 5 Prozent der Schüler betroffen sind. Weit mehr versuchen jedoch, eine solche Bescheinigung zu erhalten. Attraktiv wird das durch den Leistungsausgleich, den viele Bundesländer den Legasthenikern einräumen, keine Bewertung des Lesens und Rechtschreibens und einen Zeitzuschlag von 50 Prozent bei Klassenarbeiten.

Die Aussicht, aktiv etwas gegen die Lese- und Rechtschreibdefizite tun zu müssen, erscheint dagegen so abschreckend, dass man leichter eine Lernstörung akzeptiert. Dass die wirklichen Legastheniker ein Leben lang mit diesem Handicap kämpfen müssen, dass es in Zeugnissen vermerkt und bei Bewerbungen ein Hindernis ist, kümmert da wenig.

Manuel schreibt fantasievolle Aufsätze, ebenso fantasievoll geht er mit der Rechtschreibung um. Er besucht den Rechtschreibkurs, den die Schule zusätzlich anbietet. Neulich haben seine Eltern ihn abgemeldet.

„Ich bin Legastheniker", berichtet er strahlend, „in drei Monaten habe ich einen Termin, dann werde ich getestet."

Von nun an reicht er mir triumphierend jedes Diktat. Die

Fehler nehmen zu seiner sichtbaren Zufriedenheit zu.

Er weiß also noch nicht einmal, ob er wirklich die Wunsch-Diagnose erhält. Es kümmert ihn und seine Eltern auch nicht, dass inzwischen, ohne Gutachten, auch die Rechtschreibleistung beurteilt werden muss. Er empfindet sich als Legastheniker, er hat die Verantwortung abgegeben.

Nur ein sehr kleiner Teil der Schüler, die Lese- und Rechtschreibprobleme haben, sind Legastheniker. Den meisten fehlt schlichtweg die Übung, sie müssten mehr und gezielt arbeiten. Doch das ist anstrengend und unangenehm.

Reicht es nicht zum Legastheniker, richtet sich die Hoffnung der Eltern auf eine Lese- und Rechtschreibschwäche, LRS *(siehe Glossar)*.

Bei LRS wird zwar die Rechtschreibung in die Bewertung mit einbezogen, es können aber vom Schulleiter gewisse Erleichterungen gewährt werden, so z.B. Zeitzuschläge bei den Klassenarbeiten. Man geht davon aus, dass diese Schwäche nur temporär ist. Natürlich setzt das voraus, dass weiterhin Rechtschreibung geübt wird.

Ich habe jedoch oft erlebt, dass Schüler, haben sie einmal die Diagnose LRS erhalten, sich, wie Manuel, von den Übungskursen abmelden im Vertrauen auf die Erleichterungen, die sie nun genießen werden. Das Problem wird beiseite geschoben, vernebelt. Sind Erkrankungen oder seelische Belastungen, die zu einer LRS führen können, überwunden, kann man aber nicht automatisch besser lesen oder richtiger schreiben. Doch das wird nicht beachtet. Schüler und Eltern haben eine Diagnose, sie sehen sich nicht mehr in der Pflicht.

Die Bereitschaft, Lern- und Verhaltensprobleme auf eine krankhafte Erscheinung zurückzuführen, wächst. Im Jahr 2007 bekamen mehr als 20 Prozent aller sechsjährigen Jungen, die bei der AOK versichert waren, eine Sprachtherapie.

Der Anteil der Kinder, bei denen psychische, sensorische oder motorische Störungen festgestellt werden, steigt seit Jahren.

Kann das Kind zwar schreiben und lesen, ist es aber unruhig, unkonzentriert und zappelig, wird direkt an ADHS gedacht. Wird diese Diagnose, die unter Fachleuten nicht unumstritten ist, gestellt, kann man mit Medikamenten wie Ritalin herangehen. Unter der Pilleneinnahme verändert sich das Verhalten der Kinder schnell, die Kinder werden ruhiger, können sich besser konzentrieren. Die Langzeitwirkungen sind aber noch unerforscht, die Nebenwirkungen nicht unerheblich. Unter anderem können Appetitlosigkeit, Wachstumsverzögerung und psychische Veränderungen eintreten. Bei einer Elternbefragung einer Krankenkasse gaben zwei Drittel an, ihre Kinder würden unter Nebenwirkungen leiden.

Der Verbrauch von Stimulanzien zur Therapie von ADHS hat in 13 Jahren um das 36-fache zugenommen. 1991 wurde in Deutschland 1500 Kindern und Jugendlichen ADHS attestiert, für das Jahr 2009 nimmt das Robert-Koch-Institut eine Zahl von 600 000 an.

Kritische Wissenschaftler warnen vor vorschnellem Gebrauch der Pillen. Man geht davon aus, dass 4 von 10 Kindern, die mit Medikamenten wie Ritalin behandelt werden, gar keine Tabletten benötigen, sondern pädagogische und therapeutische Hilfen. Diese zeigen aber nicht so schnell und mühelos die gewünschten Erfolge. Sie sind verbunden mit Reflexionen über das eigene Tun und Verhaltensänderungen. Stattdessen werden Psychopharmaka geschluckt. Dem versucht jetzt der Gemeinsame Bundesausschuss, ein Selbstverwaltungsgremium der Ärzte, das Richtlinien für den Leistungskatalog der gesetzlichen Krankenkassen festlegt, entgegenzuwirken. Ritalin darf zukünftig erst verschrieben werden, wenn andere Behandlungsformen, z.B. eine Psychotherapie, erfolglos waren. Doch die Diagnose ist kompliziert, auch besteht unter Fachleuten keine einheitliche Meinung zur Symptomatik.

In einer amerikanischen Studie wurde festgestellt, dass allein aus dem Grund, dass sie etwas jünger waren als die anderen Kinder, weil ihr Geburtstag erst kurz vor dem Stichtag für den Kindergarteneintritt lag, bei einer Million amerikanischer Kinder fälschlicherweise ADHS diagnostiziert wurde. Sie waren noch etwas unreifer, unruhiger und weniger konzentriert als die anderen Kinder. Je jünger das Kind bei der Eintrittsuntersuchung ist, desto größer ist die Wahrscheinlichkeit, dass bei ihm ADHS diagnostiziert wird. Die Studie spricht sogar davon, dass schon ein paar Tage Unterschied im Geburtstermin die Wahrscheinlichkeit einer ADHS-Diagnose um 25 Prozent vergrößert.

Der krasse Anstieg der Störungen in den letzten Jahren wird unterschiedlich erklärt, so mit geschärftem Problembewusstsein bei Eltern und Lehrern, besseren Diagnosemethoden oder ungünstigeren Erziehungsbedingungen.

Meiner Meinung nach hat aber auch die Toleranz, die Erwachsene kindlichen Verhaltensweisen gegenüber zeigen, abgenommen. Kinder entwickeln sich nicht nach der Stoppuhr. Sie lassen sich nicht mit den Maßstäben eines Qualitätsmanagements messen. Einige sind ruhiger, andere lebhafter. Bei manchen Kindern treten Entwicklungsschritte später ein. Verhaltensweisen, die außerhalb einer vermeintlichen Norm liegen, werden allzu gerne als „Störungen" angesehen, sie entsprechen nicht den Erwartungen, passen nicht ins Bild, sind lästig. Die Kinder stören, also haben sie eine „Störung".

War es zu Beginn meiner Lehrtätigkeit auch in sehr gravierenden Fällen noch schwierig, die Eltern zu einer Therapie für ihre Kinder zu bewegen, drängen sie sich heute geradezu danach. Die Wartezimmer der Schulpsychologen sind voll von Schülern, die eine Legasthenie-Bescheinigung erhalten wollen. Ärzte werden bedrängt, Medikamente gegen ADHS zu verschreiben.

Man will den Kindern Vorteile verschaffen oder sie ruhig stellen, auch dann, wenn es eigentlich nicht erforderlich wäre. Es geht den Eltern um den momentanen Effekt, an Nachteile für den weiteren Lebensweg denken sie nicht.

Aber wer stellt schon gerne jemanden ein, der nicht richtig schreiben kann und mühsam liest? Einzelne Versicherer weigern sich nach der Diagnose ADHS, einen Lehrling gegen Invalidität abzusichern.

Dennoch habe ich in meinen Sprechstunden immer wieder erlebt, wie bereitwillig Eltern auch bei geringeren Verhaltens- oder Leistungsproblemen gleich eine Krankheitsdiagnose annehmen. Begriffe wie Legasthenie oder ADHS fallen und scheinen entlastend zu wirken, ohne dass man sich über die Schwere der Störung und ihre Auswirkung auf das spätere Leben des Kindes im Klaren ist. Das Kind kann therapiert werden, mit ihm kann etwas geschehen, die Verantwortung ist scheinbar abgegeben. Die Eltern sind entlastet, müssen sich nicht ändern. An die wahren Probleme wie mangelndes Leistungsvermögen, geringen Arbeitseinsatz oder häusliche Erziehungsschwierigkeiten rührt man nicht, sie bleiben im Nebel.

Von Powerriegeln, Mantras und Energydrinks

Lässt sich beim besten Willen und trotz vieler Tests keine psychische oder physische Störung feststellen, suchen die Eltern die Schuld für schlechte Noten dennoch nicht beim Kind. Auch ihr eigener Erziehungsstil wird nicht hinterfragt. Schuld sind die zu hohen Anforderungen.

Aufgeregtes Hin- und Herlaufen, Wasserflaschen werden geöffnet, nervös wird die Packung Traubenzucker aufgerissen, ein letzter Biss in den Powerriegel, einige sagen beruhigende Mantras auf, um ihre Energien freizusetzen.

Nein, wir sind nicht bei den Vorbereitungen des New York Marathons, sondern in einer 6. Klasse kurz vor einer Klassenarbeit. Die Wenigen, die bis jetzt noch ruhig geblieben sind, werden langsam von der Hektik angesteckt. Ihnen hat man zu Hause nicht erzählt, dass Wassertrinken die Konzentration steigert. Sie haben auch keine Tabletten erhalten, keinen Energydrink, noch nicht einmal Traubenzucker. Vielleicht haben ihre Eltern sich einfach darauf verlassen, dass die Kinder lernen. Vielleicht haben sie sogar überhaupt nicht gewusst, dass heute eine Klassenarbeit ansteht. Vielleicht ist die Kunde, dass die Schule die Kinder total überfordert und krank macht, noch nicht bis zu ihnen gedrungen und sie sahen sich nicht gezwungen, einer Überprüfung wie einer schweren Krankheit zu begegnen.

Immer lauter werden die Beschwerden über die Überforderung der Kinder, über den Leistungsdruck an den Schulen, vor dem man die Kleinen schützen muss. Es wird so lange über die hohen Anforderungen lamentiert, über die unzumutbaren Belastungen, denen die Schüler ausgesetzt sind, bis diese eine Klassenarbeit wie eine Folter ansehen, der sie unschuldig unterworfen werden.

Wie passt diese Haltung zu der oben beschriebenen Baby-

Bildungs-Initiative? Da lernen Winzlinge Englisch, Chinesisch, Computertastatur, noch bevor sie einen Stift halten können, und wenn es dann richtig losgeht, wird nur von Überforderung gesprochen.

Es ist niedlich, wenn die kleinen „old Mc Donald had a farm" lispeln, der Besuch der Kinderuni bietet interessanten Gesprächsstoff für die Eltern.

„Meiner geht jetzt in den Astronomiekurs."

In der Vorschulzeit, in der das Kind seine Welt entdeckt, seine Stärken und Grenzen kennen lernen soll, in seinem eigenen, ganz individuellen Tempo, wird es in Kurse gezwängt und mit Fachwissen überhäuft. In der Schulzeit, in der man sich Wissen aneignen soll, wird plötzlich von Überforderung gesprochen. Nicht nur die Erwachsenen klagen, auch die Kinder haben das verinnerlicht.

Im Fach „Lernen lernen," das seit einiger Zeit unterrichtet wird, klagen viele Schüler über die starke Belastung durch die Hausaufgaben. Bis 20 Uhr oder noch später sitzen sie am Schreibtisch. Fürs Spielen bleibt nur noch am Wochenende Zeit, und selbst dann müssen sie noch für die Klassenarbeiten lernen und das nachholen, was in der Woche nicht geschafft wurde. Bevor mich das Mitleid ganz übermannt, komme ich auf die Idee nachzufragen, wann sie mit den Hausaufgaben beginnen.

„Nach der Klavierstunde und dem Fußballtraining. Das endet um 18 Uhr, und dann muss ich erst mal was essen."

Da ist Simone, ein nettes, lebhaftes Mädchen in der 8. Klasse. Sie hat Ideen, ist kreativ und interessiert sich für Deutsch, doch ihre Aktivitäten bleiben im Ansatz stecken, selten führt sie eine Aufgabe zu Ende, oft ist sie unkonzentriert, ihre Hausaufgaben zeigen den Mut zur Lücke. Hat sie nachmittags keine Ruhe oder keine Zeit zum Arbeiten? Ich würde gerne die Hintergründe erfahren und erkundige mich nach den Freizeitbeschäftigungen des Mädchens.

Ja, gibt die Mutter zu, einiges mache sie schon neben der Schule, aber man könne ja nicht nur lernen. Da seien die Klavierstunden, die habe sie schon seit der Grundschule ebenso wie die Jugendgruppe der Kirche. Wie die ganze Familie spiele auch Simone Tennis, aber hauptsächlich im Sommer und nicht regelmäßig. Wichtiger sei ihr das Reiten, zweimal die Woche, natürlich müsse sie sich dann auch um den Stall und die Pflege des Tieres kümmern. Vielleicht sei das wirklich etwas viel, meint sie nachdenklich, wenn man noch an das Schwimmtraining denke, das oft noch vor der Schule stattfinde. Sie sei ja von Anfang an dagegen gewesen. Das könne man vielleicht streichen und durch Ballett ersetzen, das halte sie sowieso für viel wichtiger, schon wegen der Grazie.

Viele Schüler absolvieren am Nachmittag ein Unterhaltungsprogramm, um das sie manch ein Ferienclub beneiden würde. Die Hausaufgaben können erst spät erledigt werden, müssen dann mit den gängigen Vorabendserien konkurrieren und stellen so natürlich eine unzumutbare Belastung dar. Sechs Stunden Unterricht am Morgen, drei Stunden Hobby am Nachmittag und dann noch Hausaufgaben, diesen Stress muss man erst einmal verkraften. Spielraum, die Zeit selbst zu gestalten, bleibt nicht mehr. Die Verkürzung der Schulzeit mit der Einführung des achtjährigen Gymnasiums (G8) verschärft die Situation noch weiter. Jetzt sind auch mehrere Nachmittage schulisch verplant.

Für die Klassenarbeit üben kann man nicht, da sind die Klavierstunden, die sind schließlich schon bezahlt. Die Ferien bieten auch keine Ruhe. Zu Ostern wird mit dem Vater verreist, Pfingsten dann zum Ausgleich mit der Mutter und ihrem neuen Freund. Erschöpft kehrt man zurück und schimpft über das Lernpensum.

Diese Schüler sind wirklich überfordert, aber die Überforderung liegt nicht auf Seiten der Schule, sie sind überfordert durch all die Freizeitaktivitäten, die sie sich selbst oder ihre Eltern ihnen zumuten. Die Schule ist da nur eine Randerscheinung, die irgendwie in das restliche Programm eingepasst werden muss und eher störend wirkt.

Nicht der Arbeitsaufwand für die Schüler ist größer geworden, ihre Belastbarkeit im schulischen Bereich hat nachgelassen, weil sie freizeitmäßig so in Anspruch genommen werden.

Ich besitze noch Schulbücher aus den 70er Jahren. Hin und wieder nehme ich eine Erzählung daraus auch heute noch. Sorgfältig habe ich zu Beginn meiner Lehrtätigkeit Hinweise zum Unterricht am Rand vermerkt und die Wörter unterstrichen, die einer Erklärung bedürfen, es waren immer nur sehr wenige. Heute muss ich wesentlich mehr erläutern, manche Geschichten lese ich überhaupt nicht mehr, nicht, weil die Thematik unaktuell ist, sondern weil zu viele Wörtern erklärt werden müssten, die Schüler feine Untertöne nicht mehr verstehen oder die Ironie darin nicht erkennen.

Auch in den Schulbuchredaktionen werden die Originaltexte, nicht nur der Klassiker, sondern auch der Kinderbuchautoren, abgespeckt und für die Mediengeneration verdaulich gemacht.

Was brauchen wir solche Texte, wird oft gefragt. Doch es geht nicht um die Konservierung einer längst vergangenen Epoche und Sprache, sondern um Fähigkeiten, die auch im Computerzeitalter dringend erforderlich sind.

Das wirkt sich auch auf das Erfassen eines Textes aus. Nur noch an eine ganz einfache Sprache gewohnt, geben sie beim ersten unbekannten Wort auf – zu schwierig, eine blöde Geschichte.

Keiner fragt sich, ob unsere Kinder nicht zu wenig lernen,

ob es ausreicht, was ihnen vermittelt wird, um sich später dem globalen Wettbewerb stellen zu können. Man kann von der Globalisierung halten, was man will, unsere Kinder werden sich weltweit mit anderen messen müssen. Und die wurden nicht geschont.

Ich habe an einem Gymnasium unterrichtet, das auch von Schülern aus Asien und Osteuropa besucht wurde. Für deren Eltern, die oft nicht deutsch sprachen, war es eine Selbstverständlichkeit, dass ihre Kinder unsere Sprache in kürzester Zeit fehlerlos beherrschten. Klagen wegen Überforderung habe ich von ihnen nie gehört. Eher waren die Eltern besorgt, dass die Kinder nicht genug lernten, sie wollten Zusatzangebote haben. Wie selbstverständlich hielt eine chinesische Schülerin, die erst seit zwei Jahren in unserem Land war, in fehlerfreiem Deutsch einen halbstündigen Vortrag, ohne ins Manuskript zu sehen. Sie beherrschte auch Englisch und Japanisch und sah den häufigen Orts- und Sprachenwechsel, den der Beruf ihres Vaters mit sich brachte, nicht als Überforderung, sondern als Bereicherung an.

Man könne jetzt, in der Oberstufe des G8, gar nicht mehr wie bisher seinen Hobbys nachgehen, wird geklagt. „Ja Kinder, was erwartet ihr dann?", möchte man ihnen zurufen. „Ihr bereitet euch auf ein wichtiges Examen vor und spart noch ein Jahr ein, haut jetzt mal richtig rein und strengt euch an!"

Die Zeit vor dem Abitur – wie vor jeder anderen Prüfung auch – kann nicht besonders erholsam sein, es muss gearbeitet werden.

Die Nebelkerze „Überforderung", von Eltern geworfen und von Medien freudig verstärkt, führt dazu, dass die Schüler diese Notwendigkeit gar nicht mehr sehen.

3. Verpissen

Hilferufe

Doch nicht immer klagen Eltern über zu hohe Arbeitsbelastung der Kinder, suchen nach Krankheitsbildern oder leugnen den Unfug, den ihr Nachwuchs anstellt. Manchmal treten sie als Erziehende gar nicht mehr in Erscheinung.

Wir haben am Gymnasium Lern- und Motivationskurse eingerichtet für Schüler, deren Halbjahreszeugnis befürchten lässt, dass sie die Jahrgangsstufe nicht mit Erfolg abschließen werden, denen die Lehrer aber bei verstärktem Arbeitseinsatz noch Chancen einräumen. Wir besprechen mit ihnen Arbeitsorganisation und Arbeitstechniken, Lehrer der einzelnen Fachbereiche geben Hinweise auf sinnvolle Schulaufgabenvorbereitung.

In einem solchen Kurs sitzt Klaus, ein 15-Jähriger. Er berichtet, dass er mit guten Vorsätzen an die Arbeit geht, sich aber nicht konzentrieren kann, keine Ruhe findet. Ich gebe Hinweise zu Organisation, Verteilung des Arbeitspensums usw. Er kenne alle Lernmethoden, ist die Antwort, er habe auch den guten Willen, sie umzusetzen. Es scheitere jedoch immer wieder daran, dass er sich stattdessen zum Spielen an den Computer setze.

Mein Rat, feste Zeiten für die Hausaufgaben und für das Spielen einzuplanen, erntet ein müdes Lächeln. Klaus ist den Echtzeit-Computerspielen verfallen. Ich mache mich kundig, Schüler meiner Oberstufenklasse helfen mir dabei.

Solche Spiele, zu denen z.B. auch das damals sehr beliebte „World of Warcraft" gehört, sind Rollenspiele, zu denen sich eine unbegrenzte Anzahl von Teilnehmern aus aller Welt im

Internet treffen. Sie bilden Gruppen, die gegeneinander kämpfen oder Teams, die gemeinsam etwas aufbauen. Entscheidend ist, dass das Spiel ununterbrochen weiter geht und alles in Echtzeit stattfindet. Während Klaus versucht, sich auf die Englischarbeit zu konzentrieren, will seine Kohorte vielleicht gerade gegen den Feind kämpfen. Verschieben lässt sich da nichts. Sind viele Mitglieder aus Amerika im Team, finden die Hauptaktivitäten zu nächtlicher Zeit statt, in der Schule ist man dann müde. Manche Schüler fehlen auch ganz, weil zur Erlangung eines bestimmten Grades innerhalb der Spielerhierarchie andauernde Präsenz erforderlich ist.

Bewaffnet mit diesen Kenntnissen versuche ich es in der nächsten Stunde erneut. Ich frage Klaus, ob er sich eine Situation vorstellen könne, in der er lernen könne.

„Meine Mutter muss den Stecker ziehen und den Computer wegschmeißen", ist die Antwort.

„Meine hat es getan", bemerkt der Banknachbar, „die erste Woche war die Hölle, aber dann ging es besser."

Er hat die Unterstützung der Eltern erfahren, seine Mutter hat sich ihrer Erziehungsaufgabe gestellt und im wahrsten Sinne des Wortes im letzten Moment „den Stecker gezogen". Ob Klaus´ Hilferuf gehört wird, ist nicht sicher. Er hat erkannt, dass er selbst sein Problem nicht lösen kann und vermisst elterliches Handeln und Autorität. Vielen Kindern bleibt diese Hilfe versagt. Probleme, die im Außenfeld bearbeitet werden können, nehmen Eltern noch gerne in Angriff. Sie bemühen Ärzte und Psychologen, klagen auch mal gegen Schule oder Ministerium. Werden aber Veränderungen im eigenen häuslichen Bereich erforderlich, werden sie selbst als Entscheidungsträger gefragt, ziehen sie sich zurück.

Rückzug aus der Verantwortung

Frederic aus der 7. Klasse hat sich in allen Fächern erheblich verschlechtert. Er kommt häufiger verspätet in den Unterricht, vergisst seine Hausaufgaben und Schulbücher und lässt auch sonst keine Gelegenheit aus, um Lehrern und Mitschülern zu signalisieren, dass ihn dies alles maßlos anödet. Frederic ist in der Pubertät.

Ich habe die Mutter zu einem Gespräch gebeten, um sie über das Verhalten ihres Kindes zu informieren und dann mit ihr zu beraten, wie man gemeinsam, Elternhaus und Schule, dem Jungen Grenzen setzen kann, damit die Lernrückstände sich nicht noch weiter vergrößern. Doch dazu kommt es leider nicht.

„Warum erzählen Sie mir das, ich bin doch nicht der Lehrer, Sie müssen mit ihm in der Schule fertig werden", ist die Reaktion der Mutter.

Frederics Mutter zeigt hier eine weitere Verhaltensvariante, mit denen Eltern den Problemen ihrer Kinder begegnen. Sie benehmen sich so, als hätten sie mit der Erziehung ihres Nachwuchses nichts zu tun. Ich habe lange überlegt, wie ich das Verhalten der Eltern benennen soll, das dem Verplanen und Vernebeln folgt.

Bis in die Grundschulzeit hinein wird alles getan, um die Kleinen zu fordern und zu fördern. Kein Kurs ist ausgefallen genug, kein Anspruch zu hoch. Mit einem ausgeprägten und leider nicht immer berechtigten Selbstbewusstsein gehen die Mini-Einsteins ihren ersten Schuljahren entgegen.

Zunächst ist alles noch wie in den Vorschulkursen. Man wird nicht benotet, kann vielleicht auch mit einigem Wissen glänzen. Die Eltern haben alles voll im Griff und managen ihr Kind. Das ist die Phase des Verplanens.

Dann wird es ernst. Noten kommen, in vielen Bundesländern drohen Zugangsbeschränkungen für den Übertritt ans Gymnasium oder die Realschule. Der kleine Fast-Nobelpreisträger gerät in Konkurrenzkampf. Probleme treten auf, im schulischen Bereich, aber auch im Verhalten der Kinder. Die Eltern, die bisher alles kontrolliert hatten, sind ratlos.

Die Probleme werden heruntergespielt, in den Bereich der Krankheiten ausgelagert oder schlichtweg geleugnet. Das ist die Phase des Vernebelns.

Wird man der Probleme mit diesem Mittel nicht mehr Herr, habe ich ein weiteres Verhalten beobachtet – die Eltern ziehen sich aus der Erziehungsverantwortung zurück. Das „Verschwinden", „Abtauchen" könnte man es nennen. Den Vorschlag meiner Familie, hierfür den Begriff „Verpissen" zu verwenden, habe ich zunächst abgewiesen, passte er doch nicht in meinen Wortschatz. Jedoch – er hatte etwas. Ich recherchierte.

Eine Erklärung gefiel mir besonders gut: Im Krieg bestand die einzige Möglichkeit, sich legal von der Front zurückzuziehen, darin, einem natürlichen Bedürfnis nachzugehen. Kam der Soldat längere Zeit nicht zurück, hatte er sich „verpisst". Genau das war es. Die Eltern ziehen sich aus dem Schlachtgetümmel zurück, in der Hoffnung, dass sich die Probleme zwischenzeitlich lösen werden. Sie „verpissen" sich.

Nicht immer wird der Rückzug aus der Erziehung so klar formuliert wie von Frederics Mutter. Oft zeigt er sich nur in der Unfähigkeit, den Kindern Grenzen zu setzen.

Janek soll wegen einer Rückenschwäche Krankengymnastik erhalten. Die Physiotherapeutin erklärt ihm eine Übung. Der Vierjährige schaut sie missmutig an, verweigert die Mitarbeit und ruft: „Leck mich doch am Arsch!"

„Das lernen sie im Kindergarten", ist die einzige Reaktion der Mutter.

Wer Kinder großgezogen hat, weiß, dass sie gerade in diesem Alter nichts lieber tun als unanständige Wörter zu gebrauchen, deren Inhalt sie oft noch gar nicht verstehen, deren Wirkung auf die Erwachsenen sie aber gewiss sind. Die Szene im Sprechzimmer, ein banaler, alltäglicher Vorgang. Interessant ist dagegen schon das Verhalten der Mutter. Sie weist das Kind nicht zurecht, unternimmt keinen Versuch, ihm deutlich zu machen, dass es sich falsch benommen hat. Der Junge hat das Wort aus dem Kindergarten mitgebracht, das ist nicht ihr Problem.

Könnte man Janeks Benehmen noch als Stoff für eine Kinderanekdote nehmen, ist der folgende Fall schon wesentlich bedenklicher:

Die Polizei schließt einen Nachtclub, weil dort wiederholt nach Mitternacht noch Minderjährige angetroffen wurden. Dabei wird auch ein Mädchen aufgegriffen, das noch nicht einmal 16 Jahre alt ist. Man bringt sie zur Wache und verständigt die Eltern. Diese regen sich auf, aber nicht über die nächtlichen Eskapaden ihres Sprösslings oder über ihr eigenes Versagen, sondern über die unangebrachte Maßnahme der Polizei. Keine Scham, kein Nachdenken über eigenes Verschulden. Unangemessen war nicht das Verhalten ihrer Tochter oder ihre eigene Vernachlässigung der Aufsichtspflicht, unangemessen war das Eingreifen der Polizei.

Diese Eltern haben sich, wie die Soldaten an der Front, geschickt vom „Kampfgeschehen" zurückgezogen, sie haben damit nichts mehr zu tun.

Von einer ganz besonders originellen Art, sich der Verant-
wortung zu entledigen, berichtet eine Kollegin. Sie unter-
richtet Mathe und Physik und musste einem Vater mittei-
len, dass die ungenügenden Leistungen seiner Tochter in
beiden Fächern nicht auf fehlende Aufmerksamkeit oder
mangelnden Fleiß zurückzuführen sind, sondern dass sie
intellektuell überfordert ist.

Der Vater schweigt eine Weile, man merkt ihm an, dass
es ihm nicht leicht fällt, diese Nachricht zu verdauen.
Dann fasst er sich und sagt im Brustton der Überzeu-
gung:„Da habe ich wohl bei der Wahl meiner Frau zu tief
gegriffen.“

II. Kinder und ihre unerwarteten Reaktionen

Wir haben bis jetzt Eltern kennen gelernt, die große An-
strengungen unternehmen, ihre Kinder zu fördern und dabei
anscheinend jedes Augenmaß verloren haben. Wir haben
gesehen, wie sie bei auftretenden Schwierigkeiten versuchen, die Probleme zu vernebeln und wie einige von ihnen
sich schließlich ganz aus der pädagogischen Verantwortung
zurückziehen. Diese Verhaltensweisen bleiben nicht ohne
Folgen auf die Kinder.

Was soll's, könnte man fragen. Jede Generation hat ihren
eigenen Stil, die Rebellen werden abgelöst von verwöhnten
Wohlstandskindern. Immerhin zerschlagen diese nichts, tragen sogar erheblich zum Wachstum bei. Schon die Roadster-
Kids schaffen unzählige Arbeitsplätze in der Bildungsindustrie und im Freizeitbereich. Von den überbehütenden Eltern
und ihren Opfern leben auch die Ärzte und Therapeuten
ganz gut. Und gestörte Kinder und Jugendliche? Besser in
Liebe erstickt als zu Tode geprügelt.

Doch die Folgen der elterlichen Überversorgung sind wesentlich weitreichender als man zunächst vermutet. Sie be-
treffen nicht nur den eigenen Nachwuchs und vielleicht
noch genervte Lehrer, die Auswirkungen werden auch ge-
samtgesellschaftlich spürbar sein. Schauen wir uns doch mal
an, was da auf uns zukommt.

Die Traumtänzer

Wir treffen Kinder und Jugendliche, die unmäßig in ihren Erwartungen, aber nur mäßig belastbar sind.

Schon in frühester Kindheit wird ihnen vermittelt, dass sie etwas ganz Besonderes sind. Denken wir nur an die Anzeigen zum ersten Schultag. Sie haben unter dem nicht enden wollenden Beifall von Eltern, Großeltern und Freunden chinesische Verse gelernt, Pirouetten gedreht oder den gelben Gürtel erworben. Jede Kritzelei wurde euphorisch gelobt, jedes Liedchen frenetisch beklatscht. Sie haben dabei kein gesundes Selbstbewusstsein entwickelt, sie wurden durch kritiklose Bewunderung auf eine Säule gehoben, auf der es manchen der Engelchen und Minidocs schon mal schwindelig werden kann.

Durch die übersteigerten Erwartungen ihrer Umgebung ist die Fallhöhe für die Kleinen erheblich geworden. Auch sie selbst sind oft nicht mehr in der Lage, ihr Leistungsvermögen richtig einzuschätzen. Ein „befriedigend" wird zur Katastrophe, fliegt ihnen nicht alles zu, verlieren sie das Interesse.

Über einen Zehnjährigen, der eine schlechte Klassenarbeit mit den Worten „Ich brauche keine Rechtschreibung, ich werde Pilot" entgegennimmt, kann man noch lächeln. Wenn ein Abiturient nicht arbeitet, schlechte Leistungen erbringt und gleichzeitig von hochtrabenden Studienplänen spricht, ist das schon bedenklicher.

Stets gelobt und verhätschelt, haben sie den Bezug zu ihrer eigenen Leistungsfähigkeit verloren.

Sie wurden mit großem Aufwand gefördert, gefordert wurden sie nur selten, zumindest nicht im schulischen Bereich. Von den Eltern haben sie gehört, dass die Anforderungen dort zu hoch seien, die Beurteilungen falsch, die Lehrer unqualifiziert. Kein Wunder, dass sie jetzt stöhnen. Niemand hat ihnen vermittelt, dass man sich auch mal anstrengen muss, ohne gleich über unzumutbaren Stress zu klagen.

Hier steht eine Mannschaft hochintelligenter Astronauten, die sich anschickt, das All zu erkunden, die aber schon bei den ersten Stufen zum Raumschiff erschöpft zusammenbricht.

Markus, Schüler der 8. Klasse, steht in Mathematik und Physik auf der Note 5. Seine Versetzung ist sehr gefährdet. Er soll in beiden Fächern Nachhilfeunterricht erhalten. Seine Mutter begleitet ihn zur ersten Stunde. Die Lehrerin will mit Mathematik beginnen, da am nächsten Tag schon in diesem Fach eine Klassenarbeit angesagt ist. Der Junge windet sich, er habe schon in der Schule Mathe gehabt, er habe kein Lust, noch mal was zu rechnen. Die Mutter versucht zu überzeugen. Schließlich, von der Unterrichtsstunde ist schon etliche Zeit durch Verhandlungen zwischen Mutter und Sohn vergangen, verlässt die Lehrerin den Raum mit der Bitte, sich in einigen Minuten auf das zu unterrichtende Fach zu einigen. Sie sehe zwar Mathematik heute als dringlicher an, könne aber genauso Physik unterrichten.

Als sie zurückkehrt, meint die Mutter, man solle heute die Stunde überhaupt ausfallen lassen, ihr Kind sei doch schon in der Schule sehr angestrengt worden, es habe Sport gehabt.

Dass Lehrer über die Faulheit ihrer Schüler klagen, ist spätestens seit Sokrates üblich. Dass Kinder versuchen, den Anforderungen der Lehrer auszuweichen, ist auch kein neues Phänomen. Neu daran ist nur, dass sie heute von den Eltern dabei unterstützt werden.

Peter kommt aus einer Akademikerfamilie, für ihn ist klar, er wird studieren. Die Noten zeigen jedoch ein anderes Bild. Es besteht die Gefahr, dass er, verpasst er das Ziel der 10. Klasse, ohne irgendeinen Schulabschluss dasteht. Die Lehrer raten dringend dazu, den „Quali" zu machen, eine Prüfung, die zu einem qualifizierenden Hauptschulabschluss führt. Peter, inzwischen bereits volljährig, lehnt das ab. Er wird ja studieren, was braucht er dann diese Prüfung, zudem noch an einer Hauptschule – unter seinem Niveau. Er steht ja nur in drei Fächern auf 5 oder 6, das holt er in einem halben Jahr schon auf.

Seine Mutter meldet ihn zur Nachhilfe an, die er verspätet oder oft auch gar nicht besucht. Ich weiß nicht, ob Peter sich intensiv mit den Strategien des Altbundeskanzlers auseinandergesetzt hat, er entscheidet sich jedenfalls fürs Aussitzen, geht seinen Freizeitbeschäftigungen nach, macht erst mal den Führerschein und lässt alles auf sich zukommen. Er erreicht das Klassenziel nicht, seine Devise ist jetzt, „praktisch arbeiten". Peter will eine Lehre beginnen. Aber, oh Schreck, das geht ohne Schulabschluss nicht – Zukunft ungewiss.

Wie Traumtänzer erscheinen diese Schüler manchmal, den Abgrund, auf den sie zulaufen, ignorierend oder vielleicht gar nicht erkennend.

Die Freizeitfreaks

Wir treffen Kinder und Jugendliche, für die nur Spaß und Freizeit wichtig sind.

Die Heranwachsenden, die gleichgültig und desinteressiert durch den Schulalltag schlurfen, nicht in der Lage sind, Termine einzuhalten, längere Zeit sich mit einem Thema zu beschäftigen oder ihre eigene Situation einzuschätzen, erkennt man im Freizeitbereich kaum wieder. Da werden große Feten veranstaltet, Schülerzeitungen herausgebracht, Konzerte gegeben. All das erfordert Organisationsfähigkeit, Arbeitseinsatz und Disziplin.

„Da seht ihr es", wird den Lehrern vorgehalten, „sie zeigen all die Fähigkeiten, wenn es nur gelingt, sie zu begeistern. Es liegt an euch, ihr müsst euch mehr anstrengen."

Hier könnte man jetzt von der Arbeitsüberlastung der Lehrer stöhnen oder wie ein Altbundeskanzler sie als faule Säcke beschimpfen. Auf diese Diskussionen möchte ich mich gar nicht einlassen. Es gibt wie in allen Berufen unter den Lehrern Versager und Faulenzer, aber auch ganz kluge Köpfe und engagierte Pädagogen. Die Mehrzahl versieht, wie in den meisten Berufen, ordentlich und zuverlässig ihre Arbeit.

Entscheidender scheint mir ein anderer Aspekt zu sein. Im Fernsehen werden wissenschaftliche Themen, oft auch im 45-Minuten Takt einer Schulstunde, hochinteressant dargeboten. „Es geht doch", wird gesagt, „macht den Stoff doch auch spannender." Man vergisst leicht dabei, dass hinter dieser Sendung nicht nur der Moderator steht, sondern ein ganzes Team mit erheblichen finanziellen Mitteln und technischen Möglichkeiten, das sich lange Zeit auf die Sendung vorbereiten kann und nicht täglich 4-5 Unterrichtsstunden mit unterschiedlicher Thematik bearbeiten muss.

Doch auch das ist nicht der entscheidende Punkt. Nehmen

wir mal die bestmöglichen Voraussetzungen an. Wir haben einen Lehrer, der sich Mühe gibt, das Thema anschaulich einführt und die Schüler begeistern kann. Dazu sind nicht unbedingt technische Finessen erforderlich. Man hat darüber hinaus noch im Unterricht die Möglichkeit, die Schüler selbst aktiv an der Problemfindung zu beteiligen, sie Lösungswege suchen zu lassen, ihre Kreativität einzubeziehen. Man könnte sogar, unter den besten Voraussetzungen, auf eine Aufmerksamkeitsstufe und Akzeptanz stoßen, die höher als bei den Medien ist. Die Fernsehsendung endet hier. Die wichtigste Phase im Unterricht beginnt aber erst. In allen Fächern und zu allen Themen müssen Voraussetzungen geschaffen und Fakten gesichert werden.

So gibt es interessante physikalische Versuche, man muss aber auch die mathematischen Kenntnisse haben, um sie zu erfassen, soll das Ergebnis mehr sein als bloße Unterhaltung. Das bedeutet Arbeit und macht nicht immer Spaß. Und genau hier liegt das Problem.

Der Lehrer kann in der 10. Klasse im Deutschunterricht lebhafte Diskussionen anregen, doch irgendwann müssen die Schüler lernen, ihre Gedanken schriftlich zu fixieren und dabei bestimmte Formen einzuhalten. Lernen ist mühsam und zeitaufwändig.

Schule ist nämlich mehr als anspruchsvolle Unterhaltung oder Spaß mit etwas Kultur garniert. Im Unterricht soll Wissen vermittelt werden, die Schüler müssen Fähigkeiten und Fertigkeiten erlangen, auf denen sie später in der Berufsausbildung aufbauen können. Der Unterricht ist zielgerichtet auf die Erfüllung eines Lehrplanes hin. Wie dieser auszusehen hat, darüber kann man streiten. Aber egal ob ich Englisch oder Chinesisch lerne, Geschichte oder Bürgerliches Recht, ich muss mir auch Fakten aneignen, muss üben und arbeiten.

Im Sport ist allen der Zusammenhang von Anstrengung und Erfolg selbstverständlich. Man kann genussvoll samstagnachmittags im Park gegen einen Ball treten und viel Spaß dabei haben. Dass man auf diese Weise nicht in die Bundesliga kommt, ist jedem klar. Ein Trainer muss den Spielern Leistung abverlangen, will das Team Erfolg haben. Im Schulbereich wird dieser Zusammenhang oft nicht mehr gesehen. Ein Lehrer soll die Schüler mit Spaß und ohne Anstrengung zum Abitur führen. Wird es mühsam, steigen sie aus.

In dieser Haltung werden sie noch von ihren Eltern unterstützt. Wie viel Spaß der Unterricht macht, gilt auch ihnen als wichtiges Kriterium. Die Kritik wird im Allgemeinen nicht direkt geäußert. Als Klassenlehrer habe ich aber in den Sprechstunden sicher genau so viel über den Unterricht der Kollegen erfahren wie diese über meinen.

„In Mathe ist er heute nicht so gut, Herr X. macht den Unterricht nicht so interessant", heißt es da entschuldigend.

„Frau Y. gibt viel zu viel auf, jetzt macht es den Kindern gar keinen Spaß mehr."

In den 5. Klassen berichten die Englischlehrer von enttäuschten Kindern, die sich in der Grundschule spielerisch einige Sätzchen angeeignet haben, und nun erfahren, dass sie Vokabeln büffeln und Grammatik lernen müssen. Das Fach wird unattraktiv.

Claudia gehört in meinem Grundkurs der 12. Klasse zu den guten Schülern. Plötzlich beteiligt sie sich nicht mehr, ihre schriftlichen Aufgaben werden nur oberflächlich bearbeitet, sie liest den Text nicht. „Ich mag Schiller nicht, macht mir keinen Spaß."

Claudia macht jetzt den Führerschein. Sie weigert sich nicht, die Mindestabstände zum vorausfahrenden Fahrzeug oder die Beflaggung bei Gefahrguttransport zu lernen. Pauken pur, hier ist es selbstverständlich. Vieles von dem, was sie lernt, wird sie in der Praxis nicht mehr brauchen, vieles wird sie wieder vergessen. In der Schule sind genau das die Argumente, mit denen die Schüler versuchen, sich dem Lernen zu entziehen. In anderen Bereichen wird es kommentarlos akzeptiert.

Karin hat die 11. Klasse im Ausland verbracht und ist zu Beginn der Sommerferien nach Hause zurückgekehrt. Immer mehr Schüler begeben sich nach Erlangen der Mittleren Reife auf die Wanderschaft. Sie können dabei ihre Fremdsprachenkenntnisse erheblich erweitern, erhalten Einblicke in andere Lebensweisen, lernen sich anzupassen und gewinnen neue Freunde. Die Gelegenheit, diese positiven Erfahrungen machen zu können, nahmen früher nur wenige Jugendliche wahr. Es waren überwiegend sehr gute Schüler, die den durch den Auslandsaufenthalt versäumten Schulstoff leicht in Eigeninitiative nachholten.

Heute gehen immer mehr Schüler ins Ausland und zwar gerade die schlechteren, die diese Gelegenheit nutzen, die Klippen der 11. Klasse zu umschiffen. Im Fach Mathematik stehen die komplexen Zahlen und sphärische Trigonometrie auf dem Stundenplan, anspruchsvolle Gebiete, an denen etliche scheitern, die in der 12. Jahrgangsstufe aber nicht mehr Unterrichtsgegenstand sind. Das Fach Physik, in der 11. Klasse noch versetzungsrelevant, kann in der 12. abgewählt werden. So sind es heute oft nicht nur die guten Schüler, die sich ein Auslandsjahr gönnen, sondern gerade die, die um ihr Weiterkommen fürchten. Sie müssen bei ihrer Rückkehr im allgemeinen die 11. Klasse nicht in Deutschland wiederholen, sondern werden auf Probe in die 12. Jahrgangsstufe aufgenommen. Ihnen fehlen aber die inhaltlichen und methodischen Grundlagen für das Arbeiten in der Oberstufe, die in dem vorausgegangenen Schuljahr in allen Fächern gelegt wurden. Sehr gute und eifrige Schüler haben sich das in ihrem Auslandsjahr oft selbst anhand von Schulbüchern angeeignet, die Mehrzahl der heutigen Elftklassvermeider ist davon aber weit entfernt.

Wenn sie bemerken, dass andere und höhere Anforderungen als in der Mittelstufe gestellt werden, sind oft schon die ersten Arbeiten misslungen. Nach dem Schulhalbjahr wird dann über ihren Verbleib entschieden. Genügen sie den Anforderungen der 12. Jahrgangsstufe, können sie verbleiben, anderenfalls müssen sie in die 11. zurück. Sie verlieren also ein Jahr.

In den Sommerferien wird ein Kurs angeboten, in dem die Auslandsschüler den Lernstoff der 11. Klasse nachholen können. Karin interessiert sich dafür. Es erscheine ihr sehr sinnvoll, schreibt sie der Kursleitung. Vor der Belegung müsse sie aber die genauen Termine erfahren, sie plane in den Ferien noch zwei Reisen, und hoffe, dass sich der Kurs dazwischen einbauen lasse, andernfalls müsse sie leider auf ihn verzichten.

Ich kann nachvollziehen, dass einen 10-Jährigen der Hinweis auf ein gutes Abitur nicht beeindruckt. Mir ist auch klar, dass Mittelstufenschüler alles andere im Kopf haben, als ihre spätere Karriere. Dass aber Volljährige kurz vor ihrem Abschluss so wenig vorausschauend handeln, kann ich nur schwer nachvollziehen. Immerhin geht es darum, ob man in der Regelzeit den Abschluss erreicht oder ein Jahr verliert, ob man ein gutes Abitur macht oder die Lücken so groß sind, dass der Notenschnitt erheblich gesenkt wird oder man durch die Prüfung fällt.

Ich versuche zu verstehen. Als wir 1966 das Abitur machten und mit dem Studium anfingen, war das für uns der Beginn der großen Freiheit, und nicht nur der intellektuellen. Kein Zapfenstreich um Mitternacht mehr, keine Bevormundung, uneingeschränkter Herren- oder Damenbesuch, so hieß das damals, vorausgesetzt, man hatte eine der begehrten „sturmfreien Buden". Bedauert wurden die sogenannten Fahrstudenten, die, meist aus finanziellen Gründen, noch zu Hause wohnen mussten und zur Uni pendelten. Wenn es eben ging, zog man in eine andere Stadt, selbst wenn es am Heimatort eine gute Universität gab.

Heute ist jedes Jugendzimmer „sturmfrei". Die Ausstattung mit den neuesten Medien lässt nichts zu wünschen übrig und der Wäsche- und Cateringservice ist perfekt. Man kann kommen und gehen, wann man will, das heißt, gehen muss man meistens auch nicht, weil Mutters Auto zur Verfügung steht. Welche WG kann das bieten? Also bleibt man möglichst lange zu Hause wohnen.

Mir geht es ja gut, warum soll ich an diesem Zustand etwas ändern? Warum soll ich auf den Urlaub verzichten, nur um vielleicht ein Jahr früher mit dem Studium zu beginnen? Ich weiß ja sowieso noch nicht, was ich dann machen soll.

Das elterliche Rundum-Sorglos-Paket bietet alles. Was sollen sie dann noch Ehrgeiz zeigen und selbst etwas auf die Beine stellen? Sie verharren, oft noch weit über die Berufsausbildung hinaus, unter den Fittichen von Mama und Papa. Zur Selbstständigkeit wurden sie nicht erzogen, Selbstständigkeit ist nur mit Mühen verbunden und stellt für sie keinen Wert dar.

Es gibt bereits eine eigene Fernsehsendung, die Eltern berät, wie sie die inzwischen doch lästig gewordenen Nesthocker loswerden können: Schluss mit Hotel Mama.

Auch wenn das Abitur geschafft ist, fängt der in vielen

Reden beschworene Ernst des Lebens noch lange nicht an. Spätestens jetzt wäre der Zeitpunkt gekommen, sich von der Nabelschnur zu trennen und selbstständig sein Leben in die Hand zu nehmen. Doch weit gefehlt. Zuerst müssen sich die jungen Leute vom Stress erholen.

Schon zwischen dem schriftlichen und dem mündlichen Abi wird ein Kurztrip zur Entspannung eingelegt. Die Abifahrt nach bestandener Prüfung ist schon selbstverständlich, sie wird nicht mehr zur Erholung gerechnet, erfordert sie doch am Strand von Mallorca oder Ibiza vollen Einsatz für Leber, Stimmbänder und weitere Körperteile.

Danach nimmt man erst einmal eine längere Auszeit, so ein halbes bis ein Jahr, um sich für die kommenden Strapazen zu wappnen.

Jetzt kann man wirklich reisen, Südamerika, Australien, Neuseeland. Man sammelt reichlich Erfahrungen, mit Kühen in Queensland, beim Korbflechten in den Anden und Töpfern in Mexiko. Nur über die Modalitäten bei der Immatrikulation erfährt man dort wenig. Das ist aber auch nicht erforderlich, Mama und Papa machen das in der Heimat schon.

Universitäten bieten inzwischen Informationswochenenden an, in denen den Eltern die Uni vorgestellt wird. Sie werden über die angebotenen Fachbereiche informiert, in das akademische Leben eingeführt und können sich in der Studienberatung den Stundenplan für ihren globetrottenden Nachwuchs zusammenstellen lassen.

Nicht immer arbeiten sie dabei sorgfältig genug. Ich traf neulich in der S-Bahn eine völlig aufgebrachte ehemalige Schülerin. Sie habe gestern vergeblich einen ganzen Tag versucht, den Vorlesungsraum zu finden. Gelinge es diesmal nicht, werde sie das Studienfach wechseln.

Da rufen Mütter den Assistenten an und entschuldigen ihre Töchter. Väter sitzen beim Professor in der Sprechstunde. Die Personalabteilungen großer Firmen haben es immer häufiger mit Eltern zu tun, die für ihre Kinder ein Praktikum oder einen Job suchen. Gerne begleiten sie ihren Nachwuchs auch zum Vorstellungsgespräch.

„Ich habe gerade mit Ihren Eltern gesprochen", sagt der Vorsitzende einer großen Aktiengesellschaft zu seinem 45-Jährigen Mitarbeiter. „Wir sind der Meinung, dass Sie die geeignete Persönlichkeit für den neuen Vorstandsposten sind. Ihre Eltern sind schon über alle Vertragsbedingungen informiert und haben unterschrieben. Morgen können Sie anfangen."

So weit reicht die elterliche Versorgung heute noch nicht, ... noch!

Vor einigen Jahren hätte man sich auch nicht vorstellen können, von den Eltern begleitet zur Einschreibung zu gehen, die Eltern bei der ersten Vorlesung neben sich sitzen zu haben.

Die Tourist-Information Konstanz freut sich über die steigende Beliebtheit der Aktion „Eltern auf dem Campus", auch das Beiprogramm mit Weinproben und Schiffchenfahrt fand regen Anklang.

Vom Generationenkampf der späten 60er ist nichts mehr zu spüren. Werte und Prioritäten haben sich verändert. Es bringt keinen Vorteil mehr sich frei zu schwimmen. Man muss sich nicht mehr gegen Autoritäten wenden, wenn diese alles so wundervoll organisieren und einem die Unannehmlichkeiten des Lebens abnehmen. War man früher spätestens beim Studienbeginn auf sich gestellt, musste selbst planen, Entscheidungen verantworten, so wird dies heute immer noch von den Eltern gemanagt. Moderne Techniken ermöglichen eine stete Präsenz, selbst über Länder und Erdteile hinweg. Mama und Papa sorgen für alles, man kann ewig

Kind bleiben. Über Erwachsene, die bei einer Rateshow lächelnd ihren Teddy ins Publikum halten, wundert sich niemand mehr.

Die Unselbstständigen und Unbeteiligten

Wir treffen Kinder und Jugendliche, die nicht gewohnt sind, Eigenverantwortung zu übernehmen und für ihr Fehlverhalten andere anklagen.

Die Schule ist der Verantwortungsbereich der Eltern. Immer haben sie alles geplant und unter Kontrolle gehabt. Wen wundert es dann, dass die Kinder sich dafür nicht mehr zuständig fühlen? Mama hat mein Buch nicht eingesteckt, also kann ich nicht lernen. Ich habe keinen Füller, also warte ich, bis der Lehrer das merkt und mir aushilft. Mich selbst trifft keine Schuld.

Über Jahre hinweg wurden sie von den Eltern unselbstständig gehalten. Peters Mutter machte sich noch Gedanken, mit welcher Bahn der Volljährige am besten zur Nachhilfe fährt, wann und wo er vorher essen kann, ob er nachmittags nicht zu müde ist. Alles, was nur im Entferntesten mit Schule zu tun hat, wird von den Eltern gemanagt.

In Fällen, wo die Eltern sich als die Hauptagierenden sehen, wird den Kindern einerseits der Erfolg genommen, andererseits werden sie aber auch nicht für ein Fehlverhalten verantwortlich gemacht. Das Kind als ein selbstständig handelndes und auch verantwortliches Wesen, dieser Gedanke ist den überbetreuenden Eltern fremd.

Hier fällt mir ein Beispiel aus dem Freundeskreis ein. Die Mutter des Jungen bat mich, ihn bei der Facharbeit zu unterstützen. Ich habe mich mit ihm kurz unterhalten und dann lediglich einige Titel Sekundärliteratur empfohlen. Selbstständig hat dann der Schüler eine sehr gute Arbeit verfasst, von der mir die Mutter stolz mit dem Ausruf berichtete: „Und alles nur, weil ich die Idee hatte, Dich zu fragen. Ich, ich ich...!"

Auch die Kinder haben es schnell verinnerlicht, dass die Schule das Spezialgebiet der Eltern ist und sie eigentlich damit gar nichts zu tun haben.

In der Mittelstufe kann eine Schülerin die Zeitungsartikel, die sie über einen Zeitraum von einer Woche sammeln sollte, nicht vorzeigen. Als Begründung führt sie an: „Mein Vater wollte das machen und hat es vergessen.“ Mit meiner scherzhaften Bemerkung: „Dann hast Du aber in der Erziehung Deines Vaters sicher einen Fehler gemacht, wenn er noch nicht einmal in der Lage ist, Deine Aufgaben pünktlich abzuliefern“, konnte sie nichts anfangen. Sie beschwerte sich beim Vertrauenslehrer, weil ich schlecht über ihren Vater gesprochen habe. Die Idee, dass sie für ihre Hausaufgaben selbst verantwortlich sein könnte, kam ihr anscheinend gar nicht.

Da sitzt ein Schüler in der Oberstufe und wird von der Lehrerin auf seine schlechten Leistungen im Fach Deutsch angesprochen. Er liefert keine Hausaufgaben ab, liest die Lektüre nicht und beteiligt sich nicht am Unterricht. „Ja, wenn Sie mich nicht motivieren können“, ist seine Reaktion.

So ist es nur logisch, wenn eine Zwölftklässlerin, die sich das ganze Jahr über weigerte, Hausaufgaben abzuliefern, kein Referat hielt und jede Möglichkeit ausschlug, die die Lehrerin ihr bot, um durch zusätzliche Leistungsnachweise ihre schlechten schriftlichen Noten auszugleichen, für ihr Versagen die Lehrkraft anklagt. „Ihretwegen muss ich die Jahrgangsstufe wiederholen, weil Sie mir keine 6 Punkte gegeben haben.“ Einen Bezug zu ihrem eigenen Verhalten sieht sie nicht.

Es dauert lange, bis die Schüler in den Lernkursen einsehen, dass sie selbst auch Anteil an den schlechten Noten haben. Alle anderen sind Schuld. Die Lehrer erklären nicht richtig oder können sie nicht leiden, die Eltern kümmern sich zu viel oder zu wenig, die Freunde lenken ab, der Lehrstoff ist zu uninteressant. Dass sie selbst sich bewegen müssen, dass es um ihre Zukunft geht, ist ihnen nur schwer zu vermitteln.

Das Verhalten der Eltern hat diese Reaktion hervorgerufen. Mit den oben beschriebenen Vernebelungstechniken schieben sie die Schuld am Schulversagen allem Möglichen zu, nur nicht ihren Kindern und sich selbst. Wenn gar nichts mehr hilft, wird geklagt. Erfolgreich ist das meistens nur, wenn man Formfehler nachweisen kann. Ob nun die Note geändert wird oder nicht, eines ist durch dieses Verfahren auf alle Fälle erreicht worden: Im Bewusstsein des Schülers setzt sich fest, dass nicht seine eigene Leistung entscheidend ist, sondern das Geschick seines Anwaltes oder ein Ungeschick seines Lehrers. Wieder bleibt er außen vor. Andere regeln die Lage für ihn. Steigt er in die nächste Klasse auf, hat er einen guten Rechtsbeistand gehabt, bleibt er sitzen, sind die Lehrer oder das Ministerium schuld. Er selbst hat mit der ganzen Sache eigentlich nichts zu tun.

Die Verantwortung wird auf andere geschoben, manchmal scheint es so, als würden die Kinder in diesem Verhalten noch von der Öffentlichkeit unterstützt.

„Schulkind aus Zug geworfen", titelt die Süddeutsche Zeitung. *Voll Mitgefühl mit dem Opfer liest man weiter. Was war geschehen? Ein 13-Jähriger wirft im Zug eine Flasche auf die Sitzbank. Auf die Ermahnung der Zugbegleiterin reagiert er, indem er jetzt auch seine Füße auf die Bank legt. An der nächsten Station setzt die Bahnmitar-*

beiterin den Jungen vor die Tür. Er muss eine Stunde auf den nächsten Zug warten.

Der Artikel ist so verfasst, dass er Empörung über das Verhalten der Zugbegleiterin provoziert. Sie habe den Buben „sich selbst überlassen... bei Schneeregen an einem Bahnsteig ohne Dach".

Hier erscheint ein flegelhafter Halbwüchsiger plötzlich als Opfer. Der Bahnsprecher bedauert den Vorfall. Ob der Junge sein rüpelhaftes Verhalten bereut, wird nicht erwähnt und ist nach solchem Presseecho wohl eher unwahrscheinlich.

Wahrscheinlicher ist es da schon, dass er auch in fortgeschrittenem Alter keine Verantwortung für sein Tun übernehmen will. So wie der Mann, der von der Reiseleiterin und ihrem Unternehmen Schadenersatz einklagt, weil er den Abflug verschlafen hat. Zwar hatte die Reiseleiterin ihn geweckt und auf das baldige Einchecken hingewiesen, er hatte aber wohl beim Zwischenstopp so viel Alkohol konsumiert, dass er trotzdem wieder einnickte und den Anschlussflug verpasste. Nun fordert er nicht nur die Mehrkosten für einen verspäteten Weiterflug, sondern auch noch einen finanziellen Ausgleich für seine Unannehmlichkeiten ein.

Ein rüpelhafter Jugendlicher benimmt sich in der Bahn daneben, ein angetrunkener Erwachsener verpasst seinen Anschlussflug, alltägliche Vorkommnisse, die eigentlich keiner Erwähnung wert wären, würde sich an diesen Beispielen nicht ein eklatanter Mangel an Selbstverantwortung zeigen. Der Fluggast zeigt keinerlei Scham über sein Fehlverhalten, sondern versucht noch, daraus Kapital zu schlagen. Die Zugbegleiterin hat dem Knaben Grenzen aufgezeigt, er musste vielleicht zum ersten Mal in seinem Leben spüren, dass sein Verhalten Folgen hat, die für ihn unangenehm sind. Die Bahn bedauert den Vorfall.

Ein Mann beobachtet eine Rauferei unter Halbwüchsigen. Als einer von ihnen zu Boden geht und von vier anderen mit den Füßen getreten wird, greift er ein und kümmert sich um den Verletzten. Einen der Schläger stellt er zur Rede und bringt ihn dazu, sich bei dem Opfer zu entschuldigen.

Die Angelegenheit hat einige Wochen später ein Nachspiel auf der Polizeiwache – aber nicht für die Schläger, sondern für den Mann, der durch sein beherztes Eintreten Schlimmeres verhindert hat. Die Mutter des Raufboldes hatte Anzeige wegen Beleidigung erstattet, weil der Mann den Angreifer in der Erregung als „kleinen Pisser" bezeichnet hatte. Aus dem Täter ist ein Opfer geworden.

Jugendliche Täter treten einen Mann zu Tode und zeigen sich hinterher erstaunt über die Folgen ihrer Tat. Ein Richter wundert sich in einem Prozess, in dem es um versuchten Totschlag geht, dass der Täter keine wirkliche Einsicht gezeigt und keine Verantwortung für sein Tun übernommen hat.

III. Einflussfaktoren und verborgene Motive

Widersprüche

Noch nie spielte in der Öffentlichkeit die Erziehung eine derartige Rolle. Es gibt Zeitschriften, die sich ausschließlich diesem Thema widmen, unzählige Fernsehsendungen ebenfalls. Partygespräche über die Entwicklung der Kleinen, über Schulfragen, wer kennt sie nicht und hat nicht schon erfolglos versucht, ihnen zu entrinnen. Ganze Gewerbezweige widmen sich der Förderung des Nachwuchses und stellen eine beachtliche wirtschaftliche Größe dar.

Noch nie lebten so viele Kinder im Wohlstand, haben so viele die Möglichkeit, das Abitur zu machen und zu studieren. Noch nie gab es ein solches Angebot an Förderung.

Es gibt einen Rechtsanspruch auf Erziehungszeit, Väter nehmen Elternurlaub und widmen sich dem „Projekt Kind".

Vor den kleinen Prinzen und Prinzessinnen, von denen im ersten Kapitel die Rede war, scheint eine unbeschwerte Zukunft zu liegen. Umsorgt und bewundert von Eltern, Paten, Onkeln und Tanten können sie ihrer Karriere entgegen schweben. Doch der Schein trügt.

Noch nie mussten so viele Kinder eine Therapie erhalten. Noch nie nahmen so viele regelmäßig Tabletten, hatten Rechtschreibstörungen oder Aufmerksamkeitsdefizite. Gewalt an Schulen beherrscht die Schlagzeilen.

Wie passt das zusammen, wie kommt es, dass sich einerseits die finanziellen und gesetzlichen Rahmenbedingungen verbessern, dass den Kindern und ihrer Erziehung so viel Aufmerksamkeit geschenkt wird, gleichzeitig aber die Probleme wachsen und Störungen zunehmen?

Die überbetreuenden Eltern, von denen bisher die Rede war, sind, so scheint es, mit den besten Absichten angetreten. Sie wollen ihre Kinder fördern, ihnen eine glänzende Zukunft sichern, und setzen Zeit und Geld ein, um dieses Ziel zu erreichen. Doch die dabei angewandten Verhaltensweisen (Verplanen, Vernebeln, Verpissen) haben genau den gegenteiligen Effekt. Statt zügig auf der Erfolgsschiene einer großen Karriere entgegenzufahren, widmen ihre Kinder sich hauptsächlich ihren Hobbys, stöhnen über die schulischen Belastungen, sind faul und denken gar nicht daran, Verantwortung für ihre Zukunft zu übernehmen. Sie sind unselbstständig und realitätsfern.

Oft scheitern gerade die Schüler, die von ihren Eltern besonders betreut und verplant werden. Die von diesen Eltern gezeigten Verhaltensweisen sind also in höchstem Maße kontraproduktiv. Warum werden sie nicht geändert? Warum nimmt im Gegenteil die Zahl der Überbetreuenden ständig zu?

Niemand wird ernsthaft annehmen, es wäre der Schulkarriere des Kindes besonders förderlich, wenn die Lehrer beleidigt oder beschuldigt werden. Niemand wird ernsthaft glauben, man könne Lernschwierigkeiten dadurch begegnen, dass man versucht, den Anforderungen durch Schlupflöcher zu entgehen. Und der völlige Rückzug aus der Erziehung, wie er von einigen praktiziert wird, kann ja wohl auch nicht die Lösung sein.

Warum aber werden gerade diese Strategien immer wieder angewandt? Es sind Eltern der Mittelschicht, die sich hier besonders hervortun. Geschäftsleute, Manager, Ärzte, Ingenieure und Anwälte. Sie sind gewohnt, effektiv zu planen, ihr Handeln zu hinterfragen, Widersprüche zu erkennen. Im Beruf funktioniert das, in der Erziehung scheinen diese Fähigkeiten vergessen zu sein.

Es muss etwas anderes sein, das sie zu diesen irrationalen Aktionen veranlasst.

Projekt Kind

Wir können das Verhalten von Eltern und Schülern nicht verstehen, wenn wir beide erst mit dem Eintritt in die Grundschule betrachten. Lange vorher werden schon die Voraussetzungen geschaffen für das, was uns Lehrer am ersten Schultag erwartet. Es fängt schon vor der Geburt des Kindes an.

Zwar wurde Geburtenkontrolle in unterschiedlichster Form schon immer versucht, doch erst nach Einführung der Pille Anfang der 60er Jahre steht ein zuverlässiges Mittel zur Verfügung, die Anzahl der Kinder zu begrenzen und den Zeitpunkt ihrer Geburt zu planen. Aus dem schicksalhaften und zufälligen Ereignis der Schwangerschaft wurde ein bewusst geplanter Akt, über den die Frau selbst entscheiden kann. Das hatte Folgen.

Bekamen Frauen im Jahr 1963 noch durchschnittlich 2,5 Kinder, so pendelte sich die Geburtenrate seit Mitte der 70er Jahre zwischen 1,3 und 1,4 ein. Das mittlere Alter der Erstgebärenden steigt. 1961 bekamen Frauen im Schnitt das erste Kind mit 25 Jahren, im Jahr 2008 mit 30,1.

1990 waren nur 5 Prozent der Erstgebärenden über 35 Jahre. Im Jahr 2007 sind 24 Prozent der Frauen, die zum ersten Mal Mutter werden, 35 Jahre oder älter.

Die Familienplanung wird von Jahr zu Jahr verschoben. Nach einer langen Ausbildung, vielleicht noch einem Hochschulstudium, will man zunächst berufliche Erfahrungen sammeln, die Stellung in der Firma festigen oder die Verbeamtung erreichen, Geld verdienen, eigene Pläne verwirklichen.

Mit jedem Jahr sinkt jedoch die Wahrscheinlichkeit, schwanger zu werden, um einige Prozent. Plötzlich drängt die Zeit und das Projekt „Nachwuchs" muss in Angriff genommen werden. Den Müttern, die heute mit Mitte 30 ihr erstes Kind bekommen, ist bewusst, dass sie eine der letzten Chancen nutzen und dass es vielleicht zu keiner weiteren Schwangerschaft kommen wird. Dieses eine Kind muss es bringen. Und was es bringen muss, wird in unzähligen Zeitschriften und Ratgebern dargelegt.

Wurden früher die Kinder in den Alltag der Eltern hineingeboren und passten sich ihm an, so wird ihnen heute von den Eltern der Mittel- und Oberschicht eine optimale Bildungswelt geschaffen.

Ich habe noch meine Mutter zu stundenlangen Anproben bei der Schneiderin begleitet, habe dabei herrlich mit Knöpfen gespielt, ohne sie gleich zählen zu müssen, habe mich verkleidet, bin auf Stöckelschuhen durchs Atelier stolziert und niemand hat befürchtet, dass sich in dieser Zeit meine Synapsen vielleicht nicht optimal entwickeln könnten.

Gerne bin ich mit meinen Vater zum Frühschoppen in einen Weinkeller gegangen, bin zwischen den hohen Fässern umhergelaufen, habe den drehbaren Probentisch bestaunt und kann heute noch bei der Erwähnung eines Ortes die passende Weinlage hinzufügen – eine Fähigkeit, die sicher von den heutigen Powerpädagogen als nicht kindgerecht bezeichnet würde.

Während unsere Eltern feierten, sind wir im Restaurant auf Entdeckungsreise gegangen, haben in Kellern gestöbert und im Garten getobt, eine Spielecke fehlte uns nicht, ein Kinderprogramm brauchte niemand für uns bereitstellen.

Heute werden die Jüngsten wie unter einer pädagogischen Käseglocke gehalten. Abgeschlossen von vermeintlich störenden Einflüssen wird alles mit Blick auf den erzieherischen Wert überprüft. Man darf keine Zeit verlieren, will man mit der Konkurrenz Schritt halten. Schließlich soll das „Projekt Kind" ein Erfolg werden – ein Erfolg für die Eltern.

Diktatur der Punkte

Bewandert im Projektmanagement gehen die Eltern zielgerichtet vor. Sie erkennen die Hürden und legen die einzelnen Projektphasen fest, die wichtigsten sind der Übertritt ans Gymnasium und das Abitur mit einem guten Notenschnitt, der die Zulassung zum gewünschten Studienfach ermöglicht.

Denkt man an die Bedeutung der Schulnoten für das Fortkommen der Kinder, so wird dieses Vorgehen verständlich. In der Hälfte der Bundesländer entscheiden eine Lehrerbeurteilung und der Notenschnitt über den Übertritt an weiterführende Schulen.

Will ein Schüler in Bayern ohne Probeunterricht nach der vierten Klasse aufs Gymnasium gehen, benötigt er einen Schnitt von 2,33. Spätestens in der dritten Klasse erkennt er, dass nicht der Spaß an einem Fach zählt, sondern die Note.

„Wird das auch benotet?" ist die erste Frage, bevor eine Arbeit begonnen wird. Vielleicht entwickelt sich dann noch etwas Interesse am Thema, ohne Zensierung geht aber nichts mehr. Will man den Schülern Freiräume schaffen, damit sie ihre Fähigkeiten ohne Druck entwickeln können, hat man es schwer. Sie fordern stets eine Benotung ein, eine gute natürlich, wenn sie sich schon eine zusätzliche Arbeit machen. Es geht nicht darum, etwas zu können, sondern Pluspunkte zu sammeln, um den Auswahlkriterien gerecht zu werden.

Wenn man gute Noten mit großem Wissen gleichsetzt, wäre gegen dieses Verfahren zunächst einmal nichts einzuwenden.

Dass die Benotung jedoch nicht einheitlich ist, ist dabei allen Beteiligten klar. Zwar wird innerhalb eines Bundeslandes nach denselben Lehrplänen unterrichtet, die Ansprüche variieren aber von Schule zu Schule, von Klasse zu Klasse.

An den Schüler, der in einer leistungsstarken Klasse sitzt, werden andere Anforderungen gestellt als an einen in einer schwachen. Ein Dreierschüler an der einen Schule weiß vielleicht mehr als ein Zweierschüler an einer anderen, es nützt ihm aber nichts. Nicht das Wissen entscheidet, sondern die Note.

Die Schockwirkung des Pisatests *(siehe Glossar)* mit seinen vergleichbaren Anforderungen und Beurteilungen wird jetzt verständlich. Unterschiede zwischen den einzelnen Bundesländern werden augenfällig. Schon nutzen die ersten Eltern das Süd-Nord-Gefälle. Münchener Oberstufenschüler werden in einer Wohngemeinschaft zusammengefasst und nach Berlin geschickt, im wochenweisen Wechsel betreut von einer der Mütter. Schon klappt es mit den Noten und das Abitur ist gesichert.

Die Zulassung zu besonders beliebten Studienfächern hängt von der Abiturnote ab, nach Angebot der Studienplätze und Nachfrage schwankt der verlangte Notendurchschnitt, auch hier wieder eine willkürliche Festlegung, keine Ausrichtung an Inhalten und Wissensstand. Allen ist aber klar, auf die Punkte kommt es an, auch auf die hinter dem Komma. So wählt man nicht mehr das Fach, das einen interessiert, sondern das, von dem man sich die höchste Punktzahl verspricht.

Die Diktatur der Punkte treibt seltsame Blüten.

Ich erinnere mich noch gut an einen Schüler ganz zu Anfang meine Lehrtätigkeit. Als er einen Deutschaufsatz Thema „Faust" mit der Note 3 zurückbekam, war seine Reaktion: „Jetzt kann ich nicht mehr Medizin studieren." Diesem Schüler hätte ich mich im Krankheitsfall bedingungslos anvertraut. Immer wieder habe ich später an ihn gedacht, wenn Schüler mit Bestnoten unter dem Druck von Verwandten und Freunden zum Medizinstudium getrieben wurden. Bei etlichen von ihnen hätte ich als Patient große Bedenken gehabt.

Zwischen dem Schüler und dem Medizinstudium stehen also die Punkte, sprich der Punkte vergebende Lehrer, den es zu überzeugen, überlisten oder bekämpfen gilt. Die Punktejagd der Oberstufenschüler, über die viele Kollegen klagen, wird verständlich, ist doch das gesamte System darauf angelegt. Warum sollte ein Schüler ein schwieriges Fach wählen, auf eine anspruchsvolle Schule gehen, wenn er dadurch vielleicht studierfähiger wird, aber gar nicht zum Studium kommt, weil ihm die geforderten Punkte fehlen?

Für Eltern und Schüler sind also die Noten ausschlaggebend. Ein Abitur mit einer hohen Punktzahl, das ist das Produkt, das sie vom Dienstleistungsbetrieb Schule erwarten. Das „Projekt Kind" wird auf dieses Ergebnis hin ausgerichtet.

Im Sinne eines effektiven Projektmanagements handeln diejenigen Eltern also klug, die alle Energie zielorientiert auf das Erreichen der Hochschulreife ausrichten.

Nur sind Kinder keine technischen Prototypen, man kann sie auch nicht mit einem Bauvorhaben oder einer wissenschaftlichen Forschungsarbeit vergleichen. Bei all diesen Projekten zählt nur das Ergebnis, in der Erziehung ist aber auch der Weg dorthin entscheidend.

Es ist egal, wie oft ich die Form eines Prototyps verändere, wenn nur das Resultat stimmt. Eine schiefe Wand reiße ich ein und baue halt eine neue dafür. Versuchsanordnungen kann ich beliebig oft verändern, bis ich ein brauchbares Ergebnis erziele.

Bei Kindern ist das anders, jede pädagogische Handlung hinterlässt Spuren. Erhalten sie z.B. immer wieder gegenläufige Anordnungen, stellen Eltern die Auffassung der Lehrer ständig in Frage, werden sie orientierungslos. Lasse ich ihnen keinen Raum für eigene Entscheidungen, bleiben sie unselbstständig und hilflos, selbst wenn sie das Ziel, das Abitur, erreicht haben.

Kinder sind selbstständige Wesen, die sich in ihrem eigenen Rhythmus entwickeln müssen. Da kann der eine Junge vielleicht schon lesen, während der andere noch Zeit zum Spielen braucht. Die eine lebt noch in ihrer Märchenwelt, die andere interessiert sich schon für Technik. Getrieben von der Angst vor sich schließenden Lernfenstern, gewohnt, jeden Schritt eines Projektes zeitgerecht durchzusetzen, verplanen die Eltern ihre Kinder jedoch, kontrollieren minutiös den Tagesablauf und lassen keinen Spielraum für eine individuelle Entwicklung. Sie haben den Zeitpunkt der Geburt geplant, haben ganz konkrete Vorstellungen, wann und wie ihr Kind die pädagogischen Meilensteine erreichen muss und versuchen, das mit allen Mitteln durchzusetzen.

Doch die Kinder wehren sich, sie lassen sich nicht beliebig dressieren, sie entsprechen nicht dem Idealbild der Eltern sondern verhalten sich meistens so, wie sie es zu Hause sehen.

Ich erinnere mich an eine Mutter, die den Sprechstundentermin vergaß, bei dem ich ihr meine Bedenken wegen der Unpünktlichkeit und Unkonzentriertheit ihres Sohnes darlegen wollte.

Medienerziehung in der 5. Klasse. „Was machen wir in der Freizeit" steht an der Tafel, und nun laufen die Schüler nach vorne und schreiben eifrig. Lesen, mit Freunden treffen, auf Bäume klettern, Fußball spielen, schwimmen, wandern, Klavier üben, Brettspiele, die Tante besuchen – die ganze Liste pädagogisch wertvoller Betätigungen füllt nach und nach die Tafel.

„Die Botschaft hör ich wohl, allein mir fehlt der Glaube."

*Ich erkläre dieses Zitat kurz und sage, dass es mir im Mo-
ment wie Faust ergehe. Einige grinsen verständnisvoll,
schweigen jedoch. Als ich darauf beharre, dass in dieser
Liste der Freizeitaktivitäten irgendetwas fehlt, kommt lei-
se die erste Meldung: Fernsehen. Video, Computerspiele,
X-Box, Wii, sie übertrumpfen sich nun gegenseitig. Die be-
liebtesten Serien und Spiele werden aufgezählt, man
tauscht Erfahrungen aus, wie man die Kindersperren am
Computer oder an Fernsehgeräten lösen kann, es gibt kein
Halten mehr.*

*Auf meine Nachfrage, warum sie all das nicht aufgelis-
tet haben, drucksen sie herum.*

*„Wir wissen ja, das ist nicht so gut, das soll man nicht
tun..."*

„Wer sagt das?"

„Unsere Eltern."

„Und was tun Eure Eltern in der Freizeit?"

*Schallendes Gelächter folgt. „Fernsehen, am Computer
sitzen, Wii spielen."*

Wenn wir sehen wollen, was aus unseren Kindern wird,
müssen wir normalerweise nur vor den Spiegel treten. Vielleicht erschreckt das viele. Vielleicht versuchen sie daher, ihren Nachwuchs auf einen Weg zu bringen, den sie selbst
nicht gehen. Leider hatte ich nie den Mut, Eltern, die in der
Sprechstunde die mangelnde Leselust ihrer Kinder beklag-
ten, nach der eigenen Lektüre zu befragen.

Ein Viertel aller Erwachsenen liest laut Stiftung Lesen
überhaupt nicht mehr, nur 50 Prozent der Jugendlichen geben an, in ihrer Kindheit häufiger mit Büchern beschenkt
worden zu sein, vor 20 Jahren waren das noch 70 Prozent.

Einen 14-Jährigen, der, seit er mit dem Fingerchen auf die
Tastatur drücken kann, mit Computerspielen bedacht wurde,

werde ich nicht mehr zum begeisterten Leser machen.

Warum sollte ein Kind sich hinter Büchern verkriechen, wenn die Mutter nur vor dem Fernseher hockt oder der Vater den ganzen Abend am Computer spielt?

Die Lesekompetenz eines Kindes hängt, laut Leseforschern, entscheidend von der Vorlesekultur in der Familie ab. Es wird aber kaum noch vorgelesen. Märchen lernen die meisten Kinder nur noch durch Kassetten, CDs oder in Comicform kennen. Es wird nicht mehr erzählt oder über die Geschichte gesprochen. Es gibt keine Zeit mehr für Fragen der Kinder, für das selbstständige Weitererzählen, Fantasieren.

Hier wäre ein breiter Spielraum für elterliche Initiative, einer der allerdings weniger spektakulär und auch zeitaufwändiger ist als das Kutschieren des Nachwuchses zur Kinderuni oder zum kreativen Gesangsspiel.

Stattdessen soll die Schule dann richten, was im Elternhaus lange versäumt wurde. Lehrer sollen die Werte, die zu Hause nicht mehr gelebt werden, den Schülern nahe bringen, gelingt das nicht, haben die Pädagogen versagt.

Und Kinder sollen zu den Zielen vorstoßen, die ihre Eltern nicht erreicht haben.

Ich tue alles dafür, damit mein Kind Erfolg hat, und dann versagt es. Ich würde gerne fließend Französisch sprechen, und sie will nicht mal die Sprachreise belegen. Hätte ich früher diese Möglichkeiten gehabt, was hätte ich daraus gemacht.

Vielleicht hat Sabine, die wegen der Note 3 in Mathematik so bitterlich weint, das alles im Ohr. Da kann auch der Trost des Lehrers, dass sie doch eine befriedigende Leistung erbracht habe, nicht helfen.

„Für meine Mutter aber nicht!"

Distanzverlust

Wir haben hier Eltern der Mittelschicht gesehen, die sich der Bedeutung eines guten Schulabschlusses ihrer Kinder voll bewusst sind. Sie sind bereit, alles in ihrer Macht Stehende zu tun, um den schulischen Erfolg ihres Nachwuchses zu sichern. Sie haben Zeit, sich um die Erziehung selbst zu kümmern oder genügend Geld, um Hilfen einzukaufen. Die Voraussetzungen für ein Lernen frei von materiellen Ängsten sind heute für viele Schüler besser als je zuvor. Selten haben sich so viele Eltern so intensiv mit dem Thema Schule und Lernen befasst wie heute, und zwar nicht, wie in der 68er-Bewegung, um das Leistungsprinzip infrage zu stellen, sondern durchaus leistungsbewusst.

Wie kommt es aber bei all diesen Voraussetzungen später, vorwiegend in der Zeit der Pubertät der Kinder, zu dem oben beschriebenen Rückzug der Eltern aus der Erziehung?

Wie lässt sich erklären, dass sie ihren Kindern keine Grenzen mehr setzen, dass sie deren Probleme wegleugnen oder wegklagen wollen, dass sie die Jugendlichen im Stich lassen?

Das verblüffende ist, dass sich hier nicht zwei unterschiedliche Erziehungsstile begegnen, nach dem Motto „erziehen oder wachsen lassen", dass sich hier nicht Vertreter unterschiedlicher pädagogischer Anschauungen gegenüberstehen, sondern dass dieselben überbetreuenden Eltern, die gar nicht genug fördern konnten, sich plötzlich gegen die Anforderungen der Schule stellen oder sich sogar ganz aus der Erziehungsverantwortung schleichen.

Da wurde jahrelang herumpädagogisiert, jedes Bäuerchen des Kleinen auf seine Bedeutung für den späteren Berufserfolg hin untersucht, hier noch ein Kurs gebucht, dort eine Nachhilfe organisiert, und plötzlich tauchen sie ab. Für Erziehung, eben noch ihr Spezialgebiet, sehen sie sich nun nicht mehr zuständig.

Um diesen Widerspruch zu klären, muss man sich zunächst einmal bewusst werden, was Erziehung eigentlich bedeutet.

In der Erziehung haben wir es immer mit einem Subjekt-Objektverhältnis zu tun. Der Erzieher will das Kind fördern, auf seine geistige, körperliche und charakterliche Entwicklung Einfluss nehmen. Das ist zunächst wertfrei zu sehen und ganz unabhängig von der Frage autoritäre oder antiautoritäre Erziehung. Ich kann dem Kind brutal meinen Willen und meine Vorstellungen aufzwingen oder es zum Widerspruch auffordern und ständig nach seinen Wünschen befragen. Die Beziehung bleibt immer eine hierarchische, weil meine Vorstellungen den Erziehungsstil bestimmen.

In einer kürzlich ausgestrahlten Fernsehsendung äußerten sich ehemalige Kommunemitglieder über ihre antiautoritäre Kinderzeit. Sie empfanden ihre Freiheiten und das Anderssein durchaus nicht immer als bereichernd, sondern auch als Belastung. Auch wenn sie wesentlich mehr Freiheiten hatten als ihre autoritär erzogenen Mitschüler, spürten sie doch, dass es eine Lebensweise war, die von den Eltern oder der Kommune für sinnvoll erachtet und auf sie übertragen wurde. Die Erziehungsinstanzen bestimmten auch dort. Der Spruch eines Kindes im Kinderladen „müssen wir heute wieder machen, was wir wollen?", bringt das auf den Punkt.

Auch in der antiautoritären Erziehung war dieses Subjekt-Objekt-Verhältnis vorhanden. Hier sitzt ein Fünfjähriger im Matrosenanzug am weiß gedeckten Tisch und reicht der Tante die Kaffeesahne, dort schmiert er sich Ketchup ins Gesicht und isst mit den Fingern, in beiden Fällen handelt er nach den Regeln der Eltern, nach deren Vorstellungen er geformt werden soll.

Erziehung ist also immer eine Beeinflussung des Kindes nach dem Willen der Erwachsenen, ist abhängig von deren Werten und Zielen. Im Idealfall werden dem Kind aber nicht die Vorstellungen der Eltern einfach übergestülpt, es wird als selbstständige Persönlichkeit betrachtet, in seiner individuellen Entfaltung unterstützt und ihm werden die Hilfen gegeben, die es im jeweiligen Entwicklungsstadium braucht.

Um all dies leisten zu können, braucht es Vertrauen und eine gewisse Distanz, aus der das Kind betrachtet werden kann. Ohne diese Distanz zwischen Erzieher und Kind gibt es keine Erziehung. Erst sie ermöglicht es, Schwierigkeiten und Fehlentwicklungen zu erkennen, helfend einzugreifen und gegenzusteuern.

Für viele Eltern ist diese Distanz verloren gegangen, sie sind nicht mehr in der Lage, erzieherisch einzugreifen. Früher war die Hackordnung klar, hier Eltern und Schule, die forderten, dort der Schüler, der diese Forderungen erfüllte oder scheiterte. Dabei waren die Wertvorstellungen und Ziele der Eltern und der Schule weitgehend identisch, was heute nicht mehr der Fall ist.

Heute sehen sich die Eltern oft zusammen mit ihren Kindern auf dem Prüfstand. Über ihre Kinder fühlen sie sich selbst bewertet. Die Subjekt/Objekt-Beziehung ist verloren gegangen. Der Abstand, aus dem das Kind beobachtet werden kann, fehlt.

Eine entnervte Mutter stöhnte: „Ich bin froh, wenn das Abitur vorüber ist, lange halte ich diesen Stress nicht mehr aus."

Auf meinen vorsichtigen Hinweis, dass ja nicht sie, sondern ihre Tochter geprüft werde, meinte sie nur: „Das ist ja viel schlimmer. Ich leide mehr als in meiner eigenen Schulzeit."

Hier ist eine totale Identifikation entstanden. Die Leistungen des Kindes sieht die Mutter als die eigenen an, den Prüfungsdruck spürt sie wahrscheinlich stärker als die Abiturientin selbst. Sie steht auf dem Prüfstand, ihre jahrelangen Bemühungen werden beurteilt. Eltern, die zunehmend zu Managern ihrer Kinder geworden sind, die ihnen keinen Raum zum selbstständigen Entwickeln lassen, können ein Versagen nicht dulden. Sie haben nicht mehr den nötigen Abstand, ihr Kind als eigenständige Persönlichkeit zu sehen, deren schulische Erfolge oder Misserfolge nur eine Facette in ihrer Entwicklung darstellen. Hysterische Fünftklässlerinnen, die schon bei der Note „befriedigend" in Tränen ausbrechen, scheinen diese Reduktion auf ihre Leistungen zu spüren. Sie fürchten Liebesentzug, entsprechen sie nicht den elterlichen Erwartungen. Mit einer schlechten Note kränken sie den Ehrgeiz ihrer Eltern.

Zerbrochene Koalition

Hinweise auf mangelnden Fleiß, eine schlechte Note oder Mitteilungen wegen unpassenden Verhaltens rufen nicht besorgte Eltern auf den Plan, die gemeinsam mit dem Lehrer überlegen wollen, wie man das Kind wieder auf den richtigen Weg lenkt, sondern erbitterte Kämpfer. Es geht nicht darum, den Kurs des Nachwuchses zu korrigieren, sondern um Selbstverteidigung. Sie als Eltern fühlen sich angegriffen, ihre Kompetenz wird in Frage gestellt.

In den letzten Jahren zeigt sich dieser Trend verstärkt. Die Eltern haben die Koalition mit den Lehrern aufgekündigt.

Ich habe bei meinen Recherchen mit vielen Kollegen gesprochen, mit der Grundschullehrerin in der Eifel und dem Gymnasiallehrer in Bayern. Schul- und länderübergreifend war das Fazit: „Nicht die Kinder haben sich verändert, sondern die Eltern. Sie arbeiten nicht mehr mit den Lehrkräften, sondern oft gegen sie."

Eine Mutter aus dem Norden der Republik, selbst langjährig als Elternvertreterin tätig, berichtete, sie habe an zahlreichen Beispielen erlebt, wie Eltern die Autorität der Lehrer untergraben.

Oft haben sie sich gegen zusätzliche Arbeiten, eine der wenigen dem Lehrer verbliebenen Strafmöglichkeiten, gewandt, wie der Vater, der darauf mit den Worten reagiert: „Wenn die nicht mit dir fertig werden, ist das ihr Problem, du machst das nicht."

Sie berichtet von einer Mutter, die auf die Nachricht, dass der Rektor von einem Mitschüler ihres Sohnes mit der Faust ins Gesicht geschlagen wurde und sich beim Sturz gegen die Heizung das Handgelenk gebrochen hatte, mit Gelächter reagiert und dem Ausruf: „Das hat der verdient,

der ist sowieso ein Idiot." Alles wohlgemerkt im Beisein
ihres Sohnes.

Die Koalition zwischen Eltern und Lehrern ist zerbrochen.
Bei den Eltern ist eine große Bereitschaft zu finden, mit ho-
hem finanziellen Aufwand die Kinder zusätzlich fördern zu
lassen, warum versagen sie aber, wenn es darum geht, ihnen
Grundtugenden zu vermitteln?

Wird von der Schule versucht, diese Eigenschaften einzu-
fordern, wird, wie die Beispiele zeigten, das oft von den Eltern torpediert. Da wehrt sich die Mutter gegen Maßnahmen
des Lehrers, die Tochter zum Anfertigen der Hausaufgaben
anzuhalten. Da wird versucht, den Sohn vor einer verdien-
ten Strafe zu schützen. Grundhaltungen, die das Lernen erst
ermöglichen, werden nicht mehr vermittelt. Da nützt es auch
nichts, dass in vielen Schulen das Fach „Lernen lernen" eingerichtet wurde. Wenn die Schüler nicht mehr die Disziplin
aufbringen können, das hier Gehörte umzusetzen, ist alle
Mühe vergebens.

Werte und Grundhaltungen müssen im Konsens zwischen
Eltern und Lehrern vermittelt werden. Wenn das Kind gegenläufige Botschaften bekommt nach dem Motto, „was der
sagt, musst du nicht tun", kann es sie nicht annehmen.

Das Verhalten der Eltern mutet irrational an. Setzt man
aber die These, dass es ihnen nicht um die Entwicklung und
Bildung der Kinder, sondern um die eigenen Interessen geht,
wirkt alles schlüssig. Sie sehen nicht die Kinder, sie sehen
nur sich.

Sie haben jahrelang alles geplant, haben das Lernen organisiert, die Freizeit durch Stundenpläne geregelt, den Umgang mit Gleichaltrigen überwacht, immer das Ziel Abitur
im Auge behalten – und dann treten Probleme auf. Die Reaktion ist – Schuldabwehr. Der Lehrer wird zum Feind.

Ursachen des Distanzverlustes

Nicht nur persönlicher Ehrgeiz treibt die Eltern an. Der Distanzverlust, der unfähig macht zu erziehen, hat auch gesellschaftliche Hintergründe.

Die Eltern der Mittelschicht leben in einer Welt, in der fast alles planbar erscheint.
Sie haben die Kontrolle im beruflichen Bereich, sind gewohnt ziel- und erfolgsorientiert zu handeln. Das bestimmt auch den Umgang mit ihren Kindern. Ihr Aufwachsen wird als etwas völlig Planbares dargestellt. Sie werden nicht als Individuen mit ganz speziellen Möglichkeiten und Grenzen gesehen, sondern als Produkt ihrer Eltern, beliebig formbar. Bewaffnet mit Ratgebern, die Versprechungen der Bildungsindustrie im Ohr, glauben viele Eltern, die Entwicklung ihres Nachwuchses vollständig steuern zu können. Dass jedes Kind sich in einem ganz eigenen Rhythmus entwickelt, Fehler machen muss und daraus lernen kann, wollen sie nicht hören. In diesem System der Überbehütung und Überversorgung ist kein Platz für eigenständige Gehversuche. Die Eltern schauen nicht aus einiger Entfernung der Entwicklung zu und greifen, falls nötig, helfend ein, sie wollen durch ihre Planung jedes Straucheln des Kindes verhindern.

Da schwänzt ein Schüler, ein Mädchen schreibt ab, ein Junge fängt eine Schlägerei an, alltägliche Begebenheiten, die normalerweise mit einer kleinen Strafe geahndet wurden. Eltern und Lehrer waren sich darin einig, dass den Kindern hier Grenzen aufgezeigt werden mussten. Heute wird daraus eine Staatsaktion, die „Tat" wird geleugnet, Strafen abgelehnt, Front gegen den Lehrer bezogen. Hier werden Geschütze aufgefahren, die der Situation überhaupt nicht angemessen sind und die nur verständlich werden, wenn man davon ausgeht, dass sich die Eltern selbst angegriffen fühlen. Ein Fehlverhalten ist nicht mehr ein normaler Schritt in der Entwicklung des Kindes, es stellt die Bemühungen, die ganze Planung der Eltern in Frage.

Ein Scheitern darf es nicht geben. Ein Scheitern des Kindes wird als Scheitern der Eltern angesehen. Versagt das Kind in der Schule, müssen andere Schuldige gefunden werden, das Schulsystem, das Ministerium und vor allen Dingen die Lehrer.

Der Glaube an die Planbarkeit einer kindlichen Entwicklung verführt dazu, ihnen die eigenen unerfüllten Träume aufzudrücken.

Man muss nicht zum Extrembeispiel der Tennisväter oder Eislaufmütter greifen, die ihren Nachwuchs schon im Kleinkindalter in den Wettbewerb schicken. Die Vorstellung des Vaters, der Sohn werde die ihm verwehrte wissenschaftliche Laufbahn einschlagen, reicht aus, den Druck auf das Kind unerträglich zu erhöhen. Wird es den Ansprüchen nicht gerecht, begräbt es den Lebenstraum der Eltern. Der Kampf um Noten ist oft auch ein Kampf für die Erfüllung der Elternträume. Nicht nur ihre unerfüllten Träume projizieren die Eltern auf ihre Kinder, bisweilen sind es auch ihre Traumata.

„Faule Säcke" oder „Morgens haben sie immer recht und nachmittags immer frei", wird über Lehrer gewitzelt. Doch der trottelige Pädagoge aus der Feuerzangenbowle gehört ebenso einer vergangenen Folklore an wie das Bild des menschenverachtenden Lehrers, der den Willen der Schüler brechen will. Die Realität sieht anders aus.

Nach einer Infratestumfrage aus dem Jahre 2008 beurteilten über 60 Prozent der befragten Volljährigen die Arbeit der Lehrer in Deutschland mit gut bis sehr gut. Auf die Frage, wer sie in ihrer Entwicklung besonders stark beeinflusst hat, stehen die Lehrer direkt hinter den Eltern und Großeltern. Hinsichtlich der Vertrauenswürdigkeit einzelner Berufsgruppen nehmen sie hinter der Feuerwehr, der Ärzteschaft und der Polizei den 4. Platz ein.

Wir können also getrost davon ausgehen, dass die Lehrerschaft im Hinblick auf ihre Kompetenz nicht schlechter abschneidet als andere Berufsgruppen. Aber natürlich gibt es auch hier Nieten, genauso wie es den Kurpfuscher, den Halsabschneider oder den unfähigen Handwerker gibt. Der Schaden, den ein schlechter Lehrer anrichtet, wird aber meistens als schwerwiegender empfunden.

Zunächst einmal haben wir wohl mit kaum einer Berufsgruppe so intensive und lang anhaltende Erfahrungen wie mit derjenigen der Lehrer. Ferner besteht ein wesentlicher Unterschied zu anderen Berufen. Ich kann mich über überhöhte Mechanikerrechnungen aufregen und den Pfusch am Bau beklagen, immer handelt es sich um Fehler der anderen. Sie können mich viel Zeit und Geld kosten, im Falle von Kunstfehlern sogar mein Leben gefährden, nie aber greifen sie meine Persönlichkeit, mein eigenes Selbstverständnis an.

Durch eine wirklich oder vermeintlich falsche Beurteilung des Lehrers können sich Schüler jedoch im Innersten getroffen fühlen, geht es doch um ihre Auffassungsgabe, ihre Intelligenz. Ein einzelner Lehrer, der das Selbstwertgefühl der Schüler untergräbt, kann tiefe Hassgefühle erzeugen, die auf die gesamte Berufsgruppe übertragen und noch der folgenden Generation mitgegeben werden.

„Dürfen Sie in der Vertretungsstunde überhaupt Unterricht machen?", funkelt mich ein Kleiner böse an. Er war mir schon vorher aufgefallen, weil er, ganz ungewöhnlich für die Unterstufe, stets die Rechtmäßigkeit irgendwelcher Anordnungen infrage stellte, sich über Anforderungen beschwerte und mit dem Gesetzbuch bewaffnet durch die

Schule zu schreiten schien. Wer stand dahinter? Welche Erfahrungen hatten die Eltern gemacht?

Jedem nüchtern Denkenden wird klar sein, dass Beschimpfungen des Lehrers oder des Direktors und die Androhung von Klagen nicht das geeignete Mittel sein können, die Noten des Nachwuchses zu verbessern. Dennoch geschieht es immer wieder. Wie Michael Kohlhaas scheinen sie gegen vermeintliche Ungerechtigkeit zu kämpfen, auf ihrem Weg alles niederwalzend. Es geht nicht um das Kind, es geht um ihre eigene Vorgeschichte.

Die Eltern setzen aber nicht nur sich selber und ihre Kinder unter Erwartungsdruck, auch die Gesellschaft übt Druck auf sie aus, besonders auf die Frauen.

Berufstätige Mütter müssen sich immer noch gegen das Image von der „Rabenmutter", übrigens ein Wort, das es in anderen Sprachen nicht gibt, wehren, wobei in Westdeutschland die Vorbehalte wesentlich höher als im Osten der Republik sind. Zwar zeigt eine Studie der Berliner Charité, dass berufstätige Mütter seltener anfällig für Depressionen sind und ihre generelle Lebenssituation positiver sehen als die nicht berufstätigen, dennoch werden viele von der Angst geplagt, ihren elterlichen Pflichten nicht ausreichend nachzukommen. Häufig entschuldigten sie sich bei mir, einer berufstätigen Mutter, für ihre Berufstätigkeit.

Im Gegensatz zu Bürgern anderer westlicher Industrienationen müssen sie auch einen viel größeren Spagat vollbringen, wollen sie Job und Familie gerecht werden. Es fehlen Ganztagsschulen und Kinderkrippen. Der Ausbau einer familienfreundlichen Infrastruktur wird nicht nur durch Geldmangel behindert, sondern durch ideologische Grabenkämpfe. Statt den Bau von Kindergärten und Krippen fordert man Geld für Mütter, die zuhause bleiben.

Der ehemalige Bischof von Augsburg, Walter Mixa, meint gar, die Förderung von Kitas verleite die Frauen dazu, ihre Kinder in staatliche Obhut zu geben, zieht Vergleiche zur DDR und sieht die Frauen zu Gebärmaschinen degradiert.

Berufstätige Mütter sehen sich häufig in Erklärungsnot, glauben, sich rechtfertigen zu müssen. Ein Scheitern ihrer Kinder in der Schule stellt für sie oft ein Scheitern ihres Lebensmodells dar, nach dem Motto: Wäre ich nicht berufstätig, könnte ich mich besser um mein Kind kümmern, es müsste die Klasse nicht wiederholen.

Den sogenannten „Nur- Hausfrauen" geht es nicht besser. Auch sie fühlen sich auf dem Prüfstand. „Wenn du schon zu Hause bleibst, dann musst du auch alles perfekt managen. Du hast ja Zeit, dich um die Kinder zu kümmern."

Ob berufstätig oder nicht, viele Frauen identifizieren sich mit dem Schulerfolg ihrer Kinder, sehen ihn als Bestätigung oder Scheitern ihres eigenen Lebensentwurfes an.

Ich habe in meiner Lehrertätigkeit viele Mütter kennen gelernt, die in der Betreuung ihrer Kinder weit über das erforderliche Maß hinaus gingen. Eine Zuordnung zu einer der beiden Gruppen war mir nicht möglich. Es gab darunter Mütter, die sich ausschließlich mit der Schullaufbahn ihres Nachwuchses befassten und solche, die Beruf und Kinder in gleicher Weise managten und kontrollierten.

Die Kinder werden zum Spielball im Rosenkrieg.

Die Ehescheidungen nehmen zu. Für das Jahr 2008 lag die Scheidungsrate bei über 50 Prozent. In ungefähr der Hälfte der Fälle sind minderjährige Kinder betroffen, allein 2008 kamen 150 187 Scheidungskinder hinzu. Diese leben nun im allgemeinen nur bei einem Elternteil, der vom anderen argwöhnisch beobachtet wird. Eine schlechte Schulnote, ein Verweis, ein Sitzenbleiben, all das wird als Zeichen dafür gewertet, dass der Betreuende seiner erzieherischen Aufgabe nicht nachkommen kann. Schulischer Erfolg oder Misserfolg wird hier am deutlichsten mit der Leistung der Eltern bzw. eines Elternteiles in Verbindung gebracht.

Die aufgebrachte Mutter, die nicht zugeben will, dass ihre Tochter die Hausaufgaben nicht gemacht hat und den Lehrer beschimpft, hatte kurz vorher bei seinem Kollegen in ähnlicher Situation noch völlig ruhig reagiert. Nun war aber der Bescheid versehentlich an den Vater gesandt worden, eine Bagatelle wird zum Staatsakt, das Verhalten der Tochter möglicherweise zu einem Argument gegen die Mutter verwendet. Sie muss sich wehren, sie ist angeklagt. Es geht nicht mehr darum, die Tochter zum richtigen Arbeitsverhalten anzuleiten, sondern sich selbst zu verteidigen.

In dem Film „Giulias Verschwinden", zu dem Martin Suter das Drehbuch geschrieben hat, tritt ein junges Mädchen auf, vielleicht 13 Jahre alt, das bei einem Ladendiebstahl erwischt wurde. Die geschiedenen Eltern holen sie auf der Polizeistation ab. Es folgt ein erbittertes Streitgespräch zwischen den Eltern, in dem sie sich gegenseitig die Schuld geben. Die Tochter bleibt völlig unbeachtet, es geht nur um die Probleme der Eltern. Niemand fragt nach dem Hergang der Tat, den Begleitumständen und nach den Motiven. Das Kind schaut fassungslos zu und muss sich erst durch Schreien Gehör verschaffen: „Ich bin gerade verhaftet worden!"

Als sie sich schließlich doch ihr zuwenden, üben sie sich in Jugendsprache und beteuern ihre Freundschaft zu ihr. „Ihr seid nicht meine Freunde, ihr seid meine Eltern", stellt die Tochter klar. Sie fordert damit Distanz ein, Distanz, die es ermöglicht, dem Kind zu helfen. Sie fordert, dass die Erwachsenen ihre Rolle als Eltern annehmen und ihr gerecht werden, dass sie erziehen und nicht nur egoistisch um sich selbst kreisen.

Getarnter Egoismus

Als ein „als Erziehung getarnter Egoismus" kann man getrost das Verhalten der überbetreuenden Eltern bezeichnen, die jede Distanz zu ihren Kindern verloren haben. Normalerweise wird durch Erziehung versucht, erwünschte Verhaltensweisen, Werte und Normen bei den Kinder und Jugendlichen zu festigen. Wir haben gesehen, dass in dieser Weise auch die antiautoritäre Erziehung wirkte. Egal, in welche Richtung die Absichten des Erziehers gehen, sie richten sich immer auf einen Dritten, den man beeinflussen und leiten will.

Bei den heutigen Überbetreuenden sieht das anders aus. All ihre Bemühungen richten sich nicht auf das Kind, sondern auf ihre eigenen Interessen. Sie erziehen nicht, sie wollen ihre eigenen Wünsche verwirklichen.

Den Eltern geht es nicht darum, ihre Kinder von gefährlichen Spielereien abzubringen, sie zum richtigen Arbeiten anzuleiten oder ihnen bei Lernschwierigkeiten effektiv beizustehen. Dann müssten sie ganz anders reagieren. Sie müssten klare Grenzen setzen und Fehlverhalten bestrafen, statt es zu leugnen.

Den Eltern geht es um die Wahrung ihrer Reputation, die Bestätigung ihres Lebensentwurfes, um späte Rache für selbst Erlittenes oder die Verwirklichung eigener Träume. Es geht um sie selbst.

So leugnen sie Vergehen, die ihre Kinder bereits zugegeben haben, bagatellisieren andere oder versuchen, statt an den wirklichen Ursachen der Lernprobleme zu arbeiten, mit allen möglichen Tricks die Benotung zu beeinflussen. Denn nicht die Entwicklung des Kindes ist wichtig, sondern ihr eigenes Image, der Erfolg ihres Projektes. Ist das in Gefahr, nehmen sie auf die Entwicklung ihrer Kinder keine Rücksicht mehr.

Egal, ob sie richtig schreiben lernen, wenn nur die Note stimmt. Egal, ob die Kinder lügen oder stehlen, wenn nur nichts aktenkundig wird. Egal, ob sie brutal zuschlagen, wenn man ihnen nur nichts nachweisen kann.

Auch der Wechsel von extremer Förderung zum Klagen über zu hohe Anforderungen wird vor diesem Hintergrund verständlich. Es ist kein Wertewandel, weil es nie um Werte ging. Es ging nicht um das Ideal eines allseits gebildeten Menschen, auch nicht darum, schlummernde Begabungen zu wecken.

Die Förderung diente nur dem Ziel, eigene Vorstellungen von einem erfolgreichen Kind zu verwirklichen. Kann man sie mit Wissen nicht durchsetzen, versucht man halt andere Tricks. Lernt der Nachwuchs dabei zu lügen und zu betrügen, was soll's, Hauptsache das Ziel wird erreicht – wird erreicht für die Eltern.

Auf der Strecke bleiben dabei die Kinder und Jugendlichen. Wenn sie Hilfe brauchen, kämpfen die Eltern mit dem eigenen Selbstverständnis und sind unfähig zu erziehen. Aus Angst, das „Projekt Kind" könnte scheitern, haben sie alles geregelt, verplant und durchorganisiert. Sie haben sich mit ihren Wünschen an die Stelle ihrer Kinder gesetzt, bis es zu einer fast symbiotischen Verschmelzung kam. Wir erinnern uns an die Eltern in der Bank am ersten Schultag. Sie werden später auch mit in die Vorlesungen gehen und die Studienberatung aufsuchen. Was aussehen mag wie unendliche Fürsorge und Zuwendung dient nur der Durchsetzung eigener Vorstellungen. Hier wird wie im Berufsleben Kontrolle und Macht ausgeübt. Nichts soll dem Zufall oder gar dem Willen der Kinder überlassen werden. Mit der Zeit haben diese gelernt, dass sie sich selbst gar nicht mehr engagieren müssen, für gar nichts mehr verantwortlich sind. Sie werden so lange betreut und bevormundet, bis sie unfähig sind, sich selbst zu bestimmen, Verantwortung für ihr Tun zu übernehmen.

Die überbehüteten Kinder verkümmern, ihre Eltern haben nicht zugelassen, dass sie sich zu selbstständigen Menschen entwickeln können. Hinter der Fassade der sich ständig bemühenden und sorgenden Eltern verbergen sich Egoisten, für die Kinder nur die Projektionsfläche ihrer eigenen Wünsche sind.

Die kleinen Prinzen und Sternchen aus den Zeitungsannoncen, die im Roadster zu Schule gefahren werden, sind nur die Statisten elterlicher Inszenierungen. Sie sind ein Imagefaktor wie die Rolex oder die Vuitton-Tasche. Sie scheinen nur im Mittelpunkt zu stehen, umsorgt und verwöhnt. In Wirklichkeit sind sie Opfer, um ihre Entwicklung betrogen.

Rückblick

Den Anstoß, dieses Buch zu schreiben, gaben die skurrilen Glückwünsche zum ersten Schultag, die ich im Kölner Stadt-anzeiger entdeckte. Die unerhörten Erwartungen der Eltern, die Stilisierung der Kinder und der Drang, sich einer breiten Öffentlichkeit mitzuteilen, machten mir Angst. Eigentlich hatte ich mit meiner Berufszeit schon abgeschlossen, ich befand mich seit einigen Monaten im Ruhestand und war zudem auch noch im Urlaub. Doch das Thema ließ mir keine Ruhe. Ob bei Strandwanderungen oder Radtouren, meine Erinnerungen gingen zurück an all die Schüler und Eltern, denen ich während meiner 40-jährigen Berufstätigkeit als Deutsch- und Erdkundelehrerin begegnet war, an viele Erlebnisse und Gespräche.

Die Stimmung schlug um im Klassenzimmer der 5a. Zwei Kontrahenten sprangen auf, streckten sich zu voller Größe empor, nahmen eine Drohgebärde an, gingen aufeinander zu und hielten dann im letzten Moment inne. Der folgende Schlagabtausch war zum Glück nur verbal, dafür aber hoch emotional und lautstark. Mit beschwichtigenden Reden versuchten die anderen Anwesenden auf sie einzuwirken, vergeblich. Erst nach einiger Zeit konnten die Banknachbarn sie zurück auf ihre Plätze bringen, und dann dauerte es noch lange, bis halbwegs wieder Ruhe eintrat.

Ich stand vor dem Pult, hatte überhaupt nicht verstanden, worum es ging, und auch keine Ahnung, wie ich reagieren sollte.

Bei den beiden Kampfhähnen, die hier nur mit Mühe von physischen Aktionen abgehalten wurden, handelte es sich nämlich nicht um Fünftklässler, die ihre Kräfte messen wollten, sondern um deren Väter. Und ich war eine Studentin, zehn bis zwanzig Jahre jünger als die Streitenden, und sollte meinen ersten Elternabend durchführen.

Das war Ende der 60er Jahre. Wieder einmal herrschte Lehrermangel, und jeder, der schreiben und lesen konnte, war am Gymnasium als Unterrichtender hoch willkommen. Man hatte mir die Schulbücher in die Hand gedrückt und ich wurde zur Klassenlehrerin mit den Fächern Deutsch und Erdkunde ernannt. Nun stand ich hier vor 40 Eltern und hatte immerhin so viel mitbekommen, dass nicht meine mangelnde Erfahrung oder gravierende Fehler meinerseits Gegenstand der Erregung waren. Es ging um die Söhne. Man warf sich gegenseitig falsche Erziehungsmethoden und Verantwortungslosigkeit vor.

„Das geht schon seit dem Kindergarten so", erklärte mir später eine Mutter, „aber machen Sie sich keine Sorgen, die Klasse ist sonst nett. Und auch die beiden Jungen würden sich sicher verstehen, wenn nur die Väter nicht so kampflustig wären."

Das war meine erste Begegnung mit elterlichen Eruptionen, ich ahnte noch nicht, dass es ein Thema war, das mich jahrzehntelang begleiten sollte, ein Thema mit Variationen. Eltern, die, wie die beiden Väter hier, ohne Augenmaß ihre Kinder verteidigten. Eltern, die die Leistungsfähigkeit ihres Nachwuchses völlig überschätzten und ihn von einem Förderkurs in den nächsten trieben. Eltern, die Lehrer beschimpften und verklagten oder sich ganz aus der Erziehungsverantwortung schlichen.

Doch zunächst einmal blieb es an der Elternfront ruhig. Die Studentenbewegung war angesagt und ihre Ideen schwappten ins Gymnasium über. Selbstbestimmung, Selbstverwaltung, Eigeninitiative waren die Schlagwörter. Durch die reformierte Oberstufe (siehe Glossar) in den 70er Jahren bekamen die Schüler mehr Freiheiten in der Fächerwahl und fühlten sich durch variable Stundenpläne schon eher als Studenten. Mama und Papa zu informieren oder gar entscheiden zu lassen war für viele undenkbar. Am deutlichsten zeigte sich das bei den Abiturfeiern. Die Schüler funktionierten sie zu Partys um. In die Flure wurden „Pittermännchen", so nennt man im Rheinland die kleinen Bierfässer, gestellt. Es gab Musik, es wurde getanzt. Man war angezogen wie an jedem anderen Tag auch, Schlabberpullover und Jeans, und wenn die Lehrer wollten, konnten sie ja mal vorbei schauen. Man war gerne bereit, Brüderschaft zu trinken, wenn man sich nicht sowieso schon vorher im Unterricht geduzt hatte. Irgendwann überreichte dann in diesem ganzen Getümmel der Schulleiter die Abiturzeugnisse. Von Eltern war weit und breit nichts zu sehen.

Vorbei die feierlichen Reden in der Aula, die jährlich wiederkehrende Erinnerung an hehre Bildungsziele und den Ernst des Lebens. Keine ergriffen schluchzenden Mütter und in feierliches Schwarz gekleidete Schüler. Kein Abiball, keine Festzeitschrift. Nach kurzer Eingewöhnungszeit vermissten auch wir Lehrer all das nicht mehr und waren froh, dem jährlich wiederkehrenden Ritual entkommen zu sein.

Etliche Jahre später, wir Lehrer in Schlabberpullovern, Jeans, viele Kollegen mit langen Haaren, einige mit Zöpfen, Birkenstock beschuht, trotteten in Richtung Oberstufentrakt. Der Chef hielt lässig die Abiturzeugnisse in der Hand und trug, dem Anlass geschuldet, über seiner Cordhose und dem Rollkragenpulli ein Jackett. Wir erwarteten „Pittermännchen" und Partymusik. Stattdessen fanden wir einen Sektstand vor, viele Schüler im Anzug, die Mädchen in festlichen Kleidern, der Schülersprecher hatte eine Rede vorbereitet und auch sie waren wieder zugelassen, die Eltern.

In den folgenden Jahren gab es wieder traditionelle Abiturfeiern. Eltern wurden nicht mehr verschämt versteckt, sie durften den Nachwuchs beglückwünschen, traten im Schulleben wieder in Erscheinung, meist sehr positiv. Sie engagierten sich in Projekten, unterstützten die Arbeit der Lehrer, gaben Anregungen, halfen ihren Kindern.

Daneben gab es andere, die das richtige Augenmaß verloren hatten. Ich erinnere mich an eine überfürsorgliche Mutter, die wöchentlich zur Sprechstunde erschien und die Lehrer über jeden noch so kleinen Entwicklungsschritt ihres Sohnes informierte. Wir waren empört über das Verhalten einer anderen, die den Ladendiebstahl, den ihre Tochter auf dem Klassenausflug begangen hatte, mit den Worten kommentierte: „Da hätten die Lehrer besser aufpassen müssen!"

Doch das waren Ausnahmen. Man behielt sie als Anekdoten, den Schulalltag berührten sie kaum.

Die Veränderungen im Verhalten der Eltern haben wir erst allmählich wahrgenommen. Immer häufiger klagten Kollegen über mangelnde Unterstützung von Elternseite und berichteten, dass diese ihre Erziehungsmaßnahmen häufig sogar torpedierten.

Welche Ausmaße das gegenseitige Misstrauen angenommen hatte, wurde mir erst beim Wechsel in ein anderes Bundesland, von Nordrhein-Westfalen nach Bayern, voll bewusst. Alle Anschreiben und Benachrichtigungen an die Eltern mussten archiviert werden. Klassenarbeiten und selbst Tests wurden gesammelt und aufgehoben, Noten für die mündliche Mitarbeit mit Datum versehen. Es wurde geraten, nach Elterngesprächen kurze Notizen zu machen. Rechtssicherheit war gefordert.

Was hatte das Verhältnis vergiftet? Warum kämpfen immer mehr Eltern gegen die Lehrer, statt mit ihnen im Sinne der

Kinder zu handeln? Warum wird von den Eltern auf der einen Seite keine Mühe gescheut, um schon die Kleinkinder zu fördern und dann auf die Überforderung durch die Schule geschimpft? Wie werden ehrgeizige Eltern zu Erziehungsverweigerern?

Und während ich mich in die Problematik tiefer einarbeitete, begannen sich die Meldungen zum Thema zu häufen.

Fast täglich las man Berichte über dressierte oder überbehütete und unselbstständige Kinder, hörte einerseits Klagen über zu hohe Anforderungen und bewunderte andererseits „Tigermütter", die mit Liebesentzug und übertriebenen Strafen die Kleinen zu Höchstleistungen antreiben.

Ich wollte keine Theorien miteinander vergleichen, keine pädagogischen Kochrezepte verteilen, sondern aufzeigen, was sich heute an unseren Schulen wirklich abspielt. Viele Kollegen haben mir in ausführlichen Gesprächen dazu Material geliefert, ich möchte ihnen allen hier ganz herzlich danken.

Besonderen Dank schulde ich meinem Mann und meiner Freundin Dr. Regina Burkhardt-Riedmiller, die mich während der ganzen Zeit des Schreibens intensiv begleitet haben und deren Rat mir sehr wertvoll war.

Ich danke Rainer Küppers, Petra Bendrich und Franziska Gerzer herzlich für Lektorat und Anregungen.

Glossar

Legasthenie ist eine Lese-Rechtschreibstörung, die vielfältige Ursachen haben kann, wie genetische oder neurologische. Trotz normaler oder sogar überdurchschnittlicher Intelligenz haben die betroffenen Personen große Probleme, die gesprochene Sprache in die Schrift umzusetzen und Texte korrekt zu lesen. Bei frühzeitiger Behandlung können zwar Erfolge erzielt werden, die Legasthenie besteht aber lebenslang.

Diese Teilleistungsschwäche betrifft in der Schule nicht nur das Fach Deutsch und die Fremdsprachen, alle Fächer, auch die Naturwissenschaften, erfordern das sichere Lesen von Texten. Früher hatten solche Schüler daher kaum eine Chance, einen höheren Bildungsabschluss zu erreichen. Inzwischen gehen die Kultusministerien, in den einzelnen Bundesländern unterschiedlich, auf dieses Problem ein. Bayern war Vorreiter, seit 1999 gibt es hier den Legastheniererlass. Schüler, die durch einen Kinder- und Jugendpsychiater diese Störung diagnostiziert bekommen haben, dürfen im Bereich des Lesens und Rechtschreibens nicht bewertet werden. Sie erhalten darüber hinaus einen Zeitzuschlag in den Klassenarbeiten von bis zu 50 Prozent.

ADS bezeichnet eine Aufmerksamkeits-Defizit-Störung, die meist in Verbindung mit Hyperaktivität auftritt, dann ADHS genannt. Man nimmt an, dass es durch Störungen im Stoffwechsel der Botenstoffe, besonders Dopamin, zu einer fehlerhaften Informationsverarbeitung zwischen verschiedenen Hirnabschnitten kommt. Andere Wissenschaftler sehen gesellschaftliche Phänomene wie Reizüberflutung und eine wenig kindgerechte Umwelt als Ursache an.

Mangelndes Durchhaltevermögen, extreme Vergesslichkeit, niedrige Frustrationstoleranz, Zappeligkeit, die Symptome sind vielfältig und können bei jedem Kind anders aussehen.

In der Behandlung der Störung gehen die Meinungen weit auseinander. Je nach Einschätzung der Ursachen werden z.B. Medikamente zur Ruhigstellung oder Psychotherapien verschrieben.

Wie die Legasthenie ist ADHS nicht heilbar, nach wissenschaftlichen Studien sollen ca. 5 Prozent der Schüler davon betroffen sein. Inzwischen wird bei 10 bis 11 Prozent eines Jahrganges ADHS festgestellt.

LRS ist eine Lese-Rechtschreibschwäche, die vorübergehend aufgrund unterschiedlicher Faktoren, wie soziale oder psychische Probleme, auftreten kann. Sie wird vom Schulpsychologen diagnostiziert und muss alle zwei Jahre wieder überprüft werden. Im Gegensatz zur Legasthenie ist hier der Nachteilsausgleich, der gewährt wird, in das Ermessen des Schulleiters und der Lehrkraft gestellt, die Leistungen im Lesen und Schreiben werden für das Zeugnis berücksichtigt.

Bei LRS geht man davon aus, dass die Schwäche nur temporär ist.

Pisatests werden die Schulleistungsuntersuchungen der OECD genannt. Die Abkürzung steht für Programme for International Student Assessment. Im Frühjahr 2000 nahm Deutschland zum ersten Mal daran teil. Getestet wurden Schüler aller Schulformen im Alter von 15 Jahren in den Leistungsbereichen Mathematik, Naturwissenschaften und Lesefähigkeit. Von teilnehmenden 32 Staaten kam Deutschland in Mathematik und Naturwissenschaften auf Platz 20, im Bereich der Lesefähigkeit auf Platz 21. Das Ergebnis löste Bestürzung aus.

Die **Reformierte Oberstufe** ist das Ergebnis einer Vereinbarung der Kultusministerkonferenz vom 17.7.1972. Die Klassenverbände werden in der Oberstufe des Gymnasiums aufgelöst, an ihre Stelle tritt das Kurssystem. Die Schüler haben nicht mehr ein für alle verbindliches Unterrichtspensum, jeder stellt für sich in den beiden letzten Schuljahren eine individuelle Kombination aus verschiedenen Fächern zusammen.